秀吉の嘘

小田原北条戦記

斎藤 光顕

郁朋社

秀吉の嘘／目次

装丁／宮田麻希

秀吉の嘘

――小田原北条戦記――

一　詰問使

（1）

　小田原城の大広間には城主氏直はじめ北条一族と重臣たちが顔を揃えていた。どの表情も強張り目は怒りの色を宿している。居間には不穏な空気が満ちていた。そこに関白秀吉の使者が姿を現した。外交僧の妙音院、一鴎軒、織田一族の津田盛月（信重）そして秀吉に長浜時代から仕える富田一白（智信）の四人だ。上座についた津田盛月は刺すような視線を一身に浴びながらも怯むことなく書状を高々と掲げた。氏直はじめ一同は低頭した。盛月はおもむろに書状を広げると通る声で読み上げた。

『九州平均（へいぎん）の後は天下悉く皆朝臣豊臣関白秀吉の版図に帰り、四海一統掌握するところ、独りただ相州小田原の北条のみ関八州に割拠し其威風に従わず。伊豆・相模・武蔵・上野・下野・

安房・上総・下総、此れら八州を横領し武威を関東にふるひ、更に朝憲（朝廷で定めた掟）をも恐れず、武命をも憚らず。普天の下卒土（そっと）の浜（天地の果て）王地にあらずといふことなしといえども、殊更若干の国々を横領しながら、終に一度も上洛せず、朝聘（ちょうへい）（朝廷の許に参上する）の礼をなさず。これ人倫の大道を知らざるに似たり。氏政並びに氏直揃っていそぎ参洛して罪を謝すべし』

天皇の地を領しながら一度として朝廷に挨拶に来ないのは朝廷をないがしろにするものであることから直ちに参洛してこれまでの無礼を詫びろというのだ。氏直にとって不満この上ない内容といえた。そもそも信長の後を継ぐようにして西国の覇者となったとはいえ秀吉が関東・奥羽に向け『惣無事令』を発し領主間の争いを一方的に禁じたうえ、上洛を求めてくることは道理に合わないと考えていた。それまで戦によって他国の領土をさんざん奪ってきたのが他ならぬ秀吉だったからだ。端正な顔立ちで滅多に感情を表に出さない氏直だがこの時ばかりは不快の表情を隠そうとはしなかった。

三ヶ月前の天正十六年（一五八八）二月、それまで高圧的だった秀吉がにわかに態度を軟化させたことで氏直は秀吉も遂に根負けして両氏が並立していく道を選ぶに至ったと思い臣従の形ではあるが和睦を結んだ。これによって秀吉との戦は避けられ本領安堵の道が開かれたと思ったのだ。ところが四月に後陽成帝の聚楽第への行幸が滞りなく行われると秀吉は態度を一変させ和睦前の居丈高な態度に戻った。此度の秀吉の書状の内容はいかにも一方的であり、まるで北条氏を朝敵扱いしているかのようだ。書状を読み終えた盛月は淡々と書状を巻き戻している。氏直としては直ちに追い返してやりたいところだが時の関白太政大臣の使者となればそういうわけにもいかない。

そんな氏直に代わって答えたのが氏政だった。北条家当主は氏直だが、隠居した父氏政の影響力は未だ隠然たるものがある。それ故秀吉は氏政、氏直揃っての上洛を要求してきたのだ。氏政は頭をもたげ鷹揚な態度で使者の面々を見渡した後、おもむろに口を開いた。

「仰せの旨、しかと承った。親子ともども上洛せよとの仰せだがこの氏政、近年多病により軍国の大事は悉く嫡子氏直に譲り渡しておる。とはいえ近年の内には八州の政務を定め、氏直ともども上洛いたすつもりでおりますのでその旨関白殿下にお伝え願いたい」

言葉こそ丁重だがその内容はすぐさま上洛することを婉曲に避けたものだった。これを聞いた妙音院が顔を強張らせ強い口調で応じた。

「関白殿下の仰せはそのまま勅令でもありますぞ。北条殿はそれに従えぬと申されるのか」

一介の外交僧である妙音院がこれほど強気に出られるのは秀吉の威によるもの以外何ものでもない。妙音院の言葉を苦々しい顔で聞いていた氏政だったが気を取り直したようにこう云った。

「しからば我ら親子、極月には上洛いたしましょう。その旨関白殿下にお伝え願いたい」

今は五月だから極月にはまだ間がある。氏政としてはとりあえず先延ばしにしてその間に新たな口実を設けようと考えたといえよう。妙音院は疑いの目を向けながら云った。

「極月、必ずですな。そのお言葉違えるようなことはございますまいな」

この役目を果たせなければ己の身が危ういと考える妙音院はこう食い下がった。それに対してさすがに氏政もムッとした。

「この氏政に二言はない。必ず上洛すると関白殿下に伝えられよ」

氏政は苛立ちを隠さずこう言い切った。氏直もまた父氏政以上に秀吉に対して憤りを感じていた。氏政は極月までには上洛すると返答したがそれを実行する気などないことは分かっていた。

小田原を辞した詰問使の一行は駿府の徳川家康の許に立ち寄った後、京に戻っていった。

詰問使が帰洛の途についた後小田原城内では秀吉に対する批判が渦巻いた。特に氏政の怒りは激しかった。

「猿面郎め、思い上がりも甚だしい。朝廷の名を借り上洛を迫ってくるとは。元より関八州は管領上杉氏の内訌によって乱れ切っていたのを我ら北条一族が五代に渡って切り従え領内の平穏と繁栄をもたらすに至ったのじゃ。猿面郎から与えられた地など一片たりともない。それを何ぞや、上洛してわざわざ礼を述べねばならぬというのか」

氏政の弟氏照もそれに同調した。

「いかにも、二月には徳川殿を通して関八州の自治を認めることを条件に従属する旨伝えたことで和議が成立したはず。ところがそれから間もなくして関白は佐竹、宇都宮の本領を安堵した。許せぬのはそこに我らが切り取った地も含まれていたことじゃ。平然と和議を破るようなことをしておきながら未だ上洛しないというは片腹痛い」

氏照は武蔵国を治めかつては武田信玄の侵攻を防ぎ、また上杉謙信との交渉にあたり『越相同盟』を実現するなど武勇だけではなく外交力にも長けている。器量は兄氏政以上と囁く者も少なくない。

「今に思えば和議とは口先だけのことで四月の後陽成帝の行幸を無事に済ませるための口実だったのじゃ」

「関東においては佐竹、結城、奥州では伊達と誰一人として上洛してはいない。にも拘らず当方だけ咎めるのは納得いかぬ。こんなことではうかと上洛でもすれば、人質にとられそれを盾に領地返上を迫られるとも限りませぬ。織田信長殿の武田征伐のときには加勢したにもかかわらず恩賞を受けるどころか東上野の地を召し上げられてしまった。また信長殿の娘御をお館様（氏直）に嫁すという契りも果たされることはなかった。関白は信長殿に増して心許せぬ輩。奇計奸智に長け口先三寸で織田家旧臣を籠絡し、本来ならば守り立てるべき信長殿の子息と干戈を交え、これを従え織田家の旧領を悉く乗っ取ったのは誰もが知るところ。決してその口車に乗ってはなりませぬ」

氏照が云うように北条氏の上方に対する不信感は根深いものがある。武田氏を滅ぼした信長はそれまで北条氏の支配下にあった東上野を召し上げ上野一国を滝川一益に与え関東を統治する拠点と定めた。一益の役割は関東・奥州の諸大名に織田政権への帰属を働きかけるものであり、いわば関東管領ともいえるものだった。これまで関東の覇権を目指してきた北条氏にとって権限をそっくり奪われたようなものだが、信長の力の前に従わざるを得なかった。そのとき氏政は信長の娘を氏直の正室として迎い入れることを願い出ていた。織田家と縁組がなされれば関東における地位が確かなものとなり、滝川一益の風下にも立つことはないと計算してのことだ。ところが信長は、

「娘との婚姻を願うなら氏直に家督を譲れ」

と要求してきた。当時四十三歳と働き盛りだった氏政は不本意ながらも即座に十九歳の氏直に家督を相続した。そうまでして信長への従属を示したにもかかわらず、信長の態度は何故か

終始冷淡だった。こうしたことが氏政には未だ上方に対するこだわりとして残っている。

これまでに寺院の梵鐘まで徴発して武器弾薬を製造してきたが秀吉の使いが帰った後、氏直は小田原城の普請の手を緩めることはなくむしろ領国の防衛強化を一層加速させた。

（2）

一方の秀吉も使者が持ち帰った「極月上洛」という返事には全く納得していなかった。氏政親子に上洛してこないことを詰問したということは、すぐさま応じなければ討伐するという警告なのだ。にもかかわらず上洛は極月だという。しかもその後、正式な返答の使者すら送ってこない。それどころか北条氏と敵対する佐竹氏からは氏直が相変わらず国内防備の強化を図っているとの情報がもたらされた。大坂城の居間で佐竹義重からの文に目を通した秀吉は石田三成を前にして不機嫌さを隠さなかった。

「氏政親子に速やかに上洛するよう申しつけたにもかかわらず先延ばしして戦備えしているという。そもそもこの二人は後陽成帝の行幸を仰いだときですら上洛に応じることはなかった。ここまで朝廷をないがしろにし、国を乱すようなことをするのであれば一刻も早く成敗しなければならん」

四月の後陽成帝の行幸の際、秀吉は諸大名に上洛するよう声を掛けた。そして上洛を果たした大名たちを朝廷に奏上し官位を授けることで彼らの歓心を得た。その一方で『関白の命にはいかなるときも、いささかも違反しない』との誓紙を取り付けた。ところが一度は従属の意を明らかにしたはずの北条氏政親子はその際上洛してこなかったのだ。

「佐竹義重殿ご子息義宣殿からも北条が国境を荒らしに来るので一日も早い討伐を殿下に願い出てほしいとの文が某の許にも来ております」

三成の言葉に軽く頷きながら秀吉は次に為すべきことを頭の中に描いていた。秀吉は三成に向かって手招きした。

間もなくして畿内の巷では北条征伐は避けることができず、秋までには軍勢が小田原に向かうだろうという噂がまことしやかに囁かれるようになった。既に秀吉の腹は決まっていた。しかし諸大名に出陣の命を発する前に秀吉には為すべきことがあった。それは家康に相談を持ち掛けることだった。秀吉は入洛していた家康を呼び寄せた。家康とは秀吉の妹朝日姫を嫁がせ縁戚関係を結ぶ際に三つの事柄について誓紙を交わしていた。その中に、

「東のことを扱うときは双方互いに通じ合い、決して独断しないこと」

という一項がある。このことを秀吉は忘れてはいなかった。北条征伐はまさに『東のこと』であり、それ故『双方互いに通じ合』っておくことが必要と考えたのだ。もしも秀吉が家康の

同意を得ないまま北条征伐に動いたなら、両者が交わした誓紙が反故となる。すると義を重んじる家康はかつて信長の子息信雄に味方し、小牧・長久手の戦いで秀吉と戦火を交えた時のように、同盟を結ぶ北条方へ義理を果たそうとすることもあり得る。秀吉としてはそれだけは避けなくてはならない。ちなみに他の二つの条項は、

「両家親類と相なるも家督その他家中のことにつき指図がましいことは致さざること」

いまひとつは、

「家康は東に油断ならぬ敵をもっていることから、秀吉公が西へ出馬の折にはお供いたしかねる」

これにより家康は秀吉が家督に口を挟むことをあらかじめ拒み、さらに当時秀吉が目論んでいた九州征伐に際しての動員を避けた。

「氏政・氏直親子はわしの寛大さに付け込み、再三『関東惣無事令』に違反してきたばかりか、上洛し朝聘の礼を為すようにという勧告にも応じようとはしない。朝臣でありながら我が物顔に東国の国々を横領するは人倫の大道を大きく外れていると云えよう。このまま氏政親子を思うがままにさせていれば国の乱れの元となる。これを大納言はどのように考えられる」

秀吉はあえて北条討伐の同意を求めるようなことをせず、家康の考えを聞き出す形をとった。家康は慎重に答えた。

「氏政殿は関白殿下が遣わした使者に対し極月上洛する旨返答いたしました。これを違えることはよもやあるまいと思われます」

家康は少し焦点を外すような答えを返してきた。それに対し秀吉はさも意外なことを聞いたというように目を丸くした。

「すると大納言は今まで上洛してこなかった氏政親子の言葉を信じると云われるのか。北条は未だ『関東惣無事令』に従う様子はなく軍備を整えているという訴えも入ってきているぞ」

「恐らく老臣の中に主君の身を案じ上洛に反対し、防備を勧める者がいるのでしょう。某が上洛に臨んだ時もまさにそうでした。当家では主人である某を平気でしかりつけるような頑固者の老臣があまたおります。たとえ某が上洛すると申しても同意する者ばかりとは限りませんでした」

「いかにも。徳川家中にはこの関白すら恐れぬ者もいるようじゃ」

「これら頑固者たちの反対を押し切って上洛しようとすれば中には『わしを斬ってから行くがよい』とその身を投げ出すような者もおります」

家康の言葉に秀吉は頷いた。鬼作左とも呼ばれる本多作左衛門重次は家康上洛の折、秀吉の母である大政所の身柄を岡崎城下で預かっていたが、宿舎に薪を積んで主人家康に万が一のことがあれば直ちに薪に火を放つと云って老母を震え上がらせた。また宿老酒井忠次などは家臣の居並ぶ前で家康に対して誰憚ることなく意見したりする。しかし家康はそれを咎めるようなことは一切しない。

「それら頑固者どもがそれまでの考えを変え最後には某に従ったのは、関白殿下のお心に触れたからでございます」

「なに、わしの心に触れて考えを変えたと云われるのか」

秀吉は意外なことを聞いたという顔になり思わず身を乗り出して聞き返した。

「はい、殿下は御母堂様を浜松に下向されてまでこの家康に上洛を求められました。これは本朝（日本国）が二百年もの間戦乱が絶えず、領民が一日として平穏な暮らしをすることができなかったことを不憫に思われ何とか四海の乱を鎮めんというお心から発したものと某は気付いたのです。老臣の中には上洛したら最後、身柄を拘束され二度と三河の地を踏むことはできないと申す者もいましたが、『本朝の安泰を図ろうとする関白殿下のお心を知った以上、我が身を案じ上洛せずにいればそれこそ天下に恥じる行いとなろう』と申したところ、ようやく老臣どもも納得した次第」

「そうか、そのようなことがあったのか。だが大納言、このわしは上洛してきた者を捕らえるような狭い料簡は持たぬぞ」

「無論それは存じております。したが関白殿下の高いお志を理解できる者が果たしてどれだけおりましょうか。恐らく北条家中にも当家と同じように主人の身を案じる老臣どもが数多くいることでしょう」

「そうか、あるいはそうかもしれぬ」

秀吉は家康の言葉に頷いた。そして思い出したかのように問い直した。

「したが北条は軍備を整えているとの話も入ってきているぞ。果たしてこれも老臣どもの進言と云えようか」

「朝敵となってはどのように防備を固めようと、民意を得ることはできません。それでも防備に駆り立てられるのは目先の不安に駆られる心の弱さの現れと云えましょう」

「軍備の増強は氏政親子の不安の現れというのか。如何に備えを固めようと一旦わしが軍を動かせば、それに抗えるものではないがそれを氏政親子は分からずにいるということか」

秀吉は顎を摩りながら頷いた。

「さればこそこのような者は一度鉄槌を食らわさねば己の否を悟らぬと思うが、大納言の考えは如何か」

「一度兵を動かせば迷惑を被るのは弱き民ども。民なくしてはこの国は成り立ちませぬ。武田家が滅んだのも勝頼が戦に明け暮れ領民を著しく疲弊させたことにあります。織田軍が武田領に入ってから、枯れ草を掃くが如く進軍できたのも領民の心がすでに戦に明け暮れる領主から離れていたからに他ありませぬ。この家康が関白殿下の許に参上したのも領民の暮らしが平穏になることを願う殿下のお心に感じ入ったからにございます。もしもここで戦が起これば某が殿下の許に参ったことも虚しいものとなろうというもの」

秀吉は家康の言葉にハッとした。

（『ここで戦が起これぱわしの許に来たことが虚しいものとなる』とは云うも云ったりじゃ。しかも安易に戦に踏み切るようなことになれば、武田勝頼のようになりかねないと、暗に申しておる。このようなことをこのわしに云うような者は家康を置いて他にない）

こう秀吉は考えた。とはいえ家康の説得をそのまま受け入れるような秀吉ではない。

「大納言の云う通りじゃ。でき得る限り戦は避けなければならぬ。したがこのまま北条に勝手な振る舞いをさせるわけにもいかぬ。常陸の佐竹、下野の結城からもその横暴ぶりに脅かされ成敗を求める訴えが再三届いている。これらの声に耳を貸さなければ本朝の権威を傷つけることにもなる。大納言は氏直の舅であり同盟を結ぶ間柄でもある。それ故氏政親子の上洛を促すには又とない立場にある。この秀吉が軍を動かさずに済むようにするためにも、そなたに氏政親子が一日も早く上洛するよう説得することを任せたいが、如何か」

秀吉の言葉に家康は意表を突かれた顔となった。秀吉は家康と話をしている中でそのような考えに至ったのか、それとも始めからこのような話の流れとなることを見越していたのかと思いを巡らすような表情だった。家康としてはしてやられたという思いがあったのだろう。秀吉は相談を持ちかけるようでいていつの間にか相手を自分の思い通りの道筋に誘い込む。しかもまるで相手が己の意志で自発的に動いたかのように誘導するのだ。

家康としても何としてでも戦は避けるべきと云った手前、引き下がるわけにはいかないはずと秀吉は踏んでいた。秀吉の唱える『関東惣無事』に従ってこなかった氏直親子を上洛させるにはそれなりの担保を示さなければならない。氏直親子が今一番気に掛けているのは上洛してからの身の安全と本領安堵だろうが、これらのことをそのまま秀吉に確認するような家康でもないはずだ。果たして家康はどう返事をするのか秀吉は興味深くその出方を待った。

「氏政が上洛した際、遅参した罪を問うようなことはありましょうか」

「アハハハ、この秀吉に限ってそのようなケチな考えはない。畏まって上洛したならその身分も領国も今まで通りとするといたそう」

家康の説得に応じて上洛したとしても万が一、その身柄を拘束されるようなことになれば氏政たちの怨みは秀吉ではなく己に向けられると考えているはずの家康に対し、秀吉は氏政親子が抱く不安の一掃よりも家康の疑念を晴らすことに重きを置くような返事をした。

（3）

北条征伐を秀吉に思い止まらせる代わりに氏政親子を上洛させることを任された家康は駿府に戻ると三ヶ条よりなる起請文を記し氏政親子に送ってきた。それは戦を回避した秀吉にお礼言上のため北条一族の者を使者として上洛させるよう促す内容だった。そこには巷に流れる徳川と北条の不和を煽るような噂を否定し、両者の同盟関係は不変であるということを確認する内容となっていた。その文面は次のようなものだ。

『　敬白　起請文

一、そなた御親子について、殿下に対してあしざまにいったり、陥れるようなことをして、御領国を望むようなことは毛頭いたさず

二、今月中に兄弟衆をもって、京へ上洛させ御礼申し上げるべき也

三、出仕することを納得されないのであれば、家康の娘（督）をお返しいただきたい

右の内容について心変わりして違えることがあったならば、梵天・帝釈天・摩利支天（以下略）の神罰を蒙るつもり也。よって起請文くだんの如し

天正十六年五月二十一日　　　　家康

北条左京太夫（氏直）殿

北条相模守（氏政）殿　　　　』

家康の文は同盟国北条に対して決して違背するようなことはしないという思いが込められたものだった。

家康の文を受け取った氏直はただちに父氏政に相談した。その後一族を呼び集め今後の対応について評議に入った。城内の広間には氏直と氏政が上座に、左手に氏照、氏邦、氏規、右手に家老の松田憲秀、板部岡江雪斎らが詰めた。まずは家康からの書状を手にした氏直が口火を切った。

「先日関白の遣いが来たが、この度家康殿からこのような書状が届いた」

こう云って氏直は文と起請文を松田憲秀に渡し読み上げさせた。読み終えるのを待っていたかのように氏照が口を開いた。

「家康殿はお礼言上の使者を立てるようにと申してきているが一体何の礼というのか。戦については関白が一方的に云い出したこと、こちらから仕掛けたことなど一度としてない。関白は策謀の多い男故、言葉につられてうかと上洛などすればどうなるか知れたものではない」

　氏照の言葉に氏政が大きく頷いた。

「ここで秀吉の誘いに乗り使者を送ったところで難癖をつけられ身柄を拘束された上、お館様にすぐさま上洛するよう要求してこないとも限らぬ」

　氏邦も回ってきた書状を見ながら疑いを露わにした。

「巷ではわれら北条の地は徳川殿に与えられるとの風聞が流れているようです。この起請文によれば家康殿は我らの領土はいささかも望んではいないと書いてありますが、果たしてどこまで信じてよいものか」

「家康が秀吉に臣従した後も領国が安堵されたのは、同盟を結ぶ我ら北条が後ろに控えていたからこそということを家康は承知しているはず。万が一にも我らの地を望むような大胆な思いは抱いてはいまい」

　氏政は北条あっての徳川とでもいうような言い方をした。

「徳川殿の文によればとりあえず戦が回避されたことへのお礼言上のため我ら兄弟の中から使者を上らせるようにとのことですが、これはご隠居様とお館様が上洛するには準備もあることだろうという配慮によるものでしょう」

　氏規が家康の意を察してこう云ったが氏政の秀吉に対する怒りは未だ納まっていなかった。

「そこらのデキ星大名ならいざ知らず、我ら北条一族は五代に渡って関東の地を治めてきた。その北条が信長殿の馬前の徒でしかなかった男に何で頭を下げる謂れがあろうか。ここ北条の地に一寸たりとも秀吉から与えられた地があるというのか」

「とはいえ関白は今や官位を極めその意向に逆らえば朝敵の汚名を被ることとなります。徳川殿は関白の許に出仕できないのであれば娘御を返していただきたいと云ってきています。そうなれば徳川と手切れとなり、それこそ関白の思う壺となりましょう」

こう云われて氏政は渋い顔をしたが、しばらく考えた後こう云った。

「氏規がそれほどいうならお礼言上の使者を遣わすことも考えよう。したが準備もあることから直ぐにとはいかぬが使いには氏規、そなたが行ってくれぬか。そなたはかねてより家康と親交がある。この役にはうってつけと思うが如何じゃ」

「某でよろしければ喜んでお引き受けいたします」

かつて家康が竹千代と名乗り駿河の今川屋敷で人質となっていた頃、氏規もまた北条家から人質として同じ屋敷で暮らしていたがそれ以来二人は親交を結んできた。また信長横死後、徳川と北条がその遺領をめぐって争った『天正壬午の乱』が起きたとき、その争いを収めるため北条方として交渉に当たったのが氏規だった。氏規は難航した交渉を上野は北条領、甲斐・信濃を徳川領とし、家康の次女督姫を氏直に嫁がせるということで決着を図り互いに誓紙を交わすに至った。その際の卓越した交渉力に感じ入った家康は氏規に対して、『今後、いかなることがあろうとも氏規殿の進退について見放しまじく候』と起請文を出している。戦に関する交渉事なら上杉謙信とも堂々と渡り合った氏照や氏邦は外せないが、和睦を前提とする交渉事であれば氏規が適任と云える。

「上洛したなら家康と連絡を取りながら秀吉という男をしかと見届けてまいれ。我らに対し少しでも異心ありと見れば、こちらとしても相応の対応を考えねばならぬ」

　こう云いながらも氏政はいまいまし気に呟いた。

「したが我らに上洛を求めておきながら、人質の一人も送ってこないのは礼を欠くにも甚だしい。家康の時には妹を嫁がせたうえ母親まで差し出したというに」

　上洛もやむなしと思う一方で、そのことで秀吉の威に屈したように映り、関東での抑えが効かなくなることを氏政は案じた。それを避けるには秀吉のたっての要望により心ならずも上洛に応じたという体面を繕う必要がある。こう考えた氏政は秀吉から上洛の条件を何とか引き出そうと考えた。そこで思いついたのが真田昌幸が手放そうとしない上野沼田領の引き渡しについてだった。

「沼田領は今さら云うまでもないが徳川との戦（天正壬午の乱）を収めるときに甲斐・信濃を徳川に渡す代わりに北条のものと定めた上野の地にある。昌幸は我が方についていたが徳川との争いが起こると我らを裏切り徳川方に寝返った。しかし不実なる者を天が見逃すはずもない。徳川との交渉の結果、上野の地は北条のものと決まったことによって昌幸は沼田領を差し出さねばならなくなった。ところが昌幸めは家康の命に従わず明け渡しを拒んだことで我らは欲しくもない甲斐都留と信州佐久を替地として受け取ることとなった。したが沼田は元々我らの支配下にあった土地じゃ。家康が昌幸を説得できぬのであれば関白の威光をもって我ら北条に帰属させるよう取り計らっていただこうではないか」

氏政の案に氏直は大きく頷いた。

「それは良いお考えです。関白も我らに上洛を求めるばかりで人質の一人も送ってくるわけではありません。ここで沼田領を真田から取り上げ我らにお渡しくださるのなら、関白の誠意が示されることとなり我らの面目も立つことになりましょう」

氏直はこう云って父氏政の考えに同意した。

沼田領は氏政の云うようにかつては北条氏の支配下にあった地だが、天正八年（一五八〇）真田昌幸の調略により城主藤田信吉から明け渡され武田勝頼の領地になった。その功によりほどなくして沼田領は勝頼から真田家に与えられたのだ。その沼田領へのこだわりが後々大きな波紋を生じさせることになろうとはこのとき氏政も氏直も予想だにしていなかった。

二　氏規上洛

(1)

戦を回避した秀吉へのお礼言上の使者として氏規が上洛することとなったが、いざ上洛準備の段になると手元不如意であることが次々と明らかとなった。このところ小田原城大普請に始まり八王子城、鉢形城、岩付城、玉縄城など主だった属城の普請による夫役が重なったことから領民は疲弊しこれ以上税の徴収を強いることはできない状況にあった。物資の調達についても事欠き寺の梵鐘を徴発しても追いつかないほどになっていたのだ。

ちなみに先の五月、越後上杉景勝が従四位下参議に叙せられた御礼として上洛した際には二万四千貫（約六千両）余りの金品を費やした。氏規の場合戦回避のお礼言上のための上洛なのでそこまで費やす必要はないとはいえ北条家としての体面を保つためには関白と朝廷にそれなりの献上品を用意しなければならない。ところが今の北条家にはその費用を調達するのは容易なことではなかった。

京の文化を取り入れ独自の文化を築き上げ、栄華を謳歌し洗練された身なりを誇る北条一族は同盟を結ぶ徳川の三河武士と比べるとひときわ艶やかに映る。その一方で『北条驕り』と噂されるように質素・倹約の風潮が氏政の代から急激に薄れ蓄財もいつの間にか目減りしていったのだ。

そんな中、上洛している家康の許から朝比奈泰勝が使いとしてやって来た。氏規が上洛すると決まったのであれば一日も早い上洛を、と促しにきたのだ。家康の在京中に氏規がやって来れば秀吉へとりなしの労をとるつもりでいるという。氏直は父氏政と叔父氏照とで今後の対応について相談した。

「家康は何を慌てているのじゃ、これも己の身の保身のためか」

氏政が冷ややかに云うと氏照も同調した。

「氏規が上洛し、その身を拘束されたらなすすべが無い。後陽成帝の行幸の際、上洛しなかったことを関白は根に持っているはずです」

「上洛を要求しておきながら未だに人質の一人も送ってくる様子すらない。これは腹に一物あるに違いない」

「それではこうしたならどうでしょう、徳川から人質を取るのです。お礼言上の使者を出すよう云ってきたのは家康殿です。こうしておけば関白も家康殿の手前、滅多なことはできますまい」

「それは良い考えじゃ、お館様は如何思われますか」

父氏政に問われて氏直は思案顔となった。

（我妻督は家康殿の娘として北条・徳川の結びつきを強める役を担っている。しかし家康殿は子の秀康を関白の養子に出した後は生かすも殺すも養父関白次第で己の知るところではないと云い放ったこともある。督姫についても家康殿は「北条家に嫁いだ者」として交渉の具としては考えていないやもしれぬ。ここはやはり父上が仰せのように新たに人質を取っておくべきか）

こう考えた氏直は氏政の考えに同意した。信義の薄い者は相手の信義を疑うというが、これについて家康がどのような思いを抱くかということについての配慮を氏直たちは欠いていたといえる。だが家康は苦情の一言も云うことなく五男武田万千代丸（吉信）と松平一族の松平安重弟忠喬を人質として北条方に送ってきた。

これで北条側としては氏規上洛の際の不安が取り除かれ、いつでも出立できるようになった。ところが突如として常陸方面において佐竹義宣、宇都宮国綱の軍勢が岡見治広が守る牛久城を攻撃してきた。父義重から代替わりした息子義宣が戦を仕掛けてきたのだ。氏直はこれに

すぐさま反応した。これによって氏規の上洛は一時見合わさざるを得なくなった。京に留まり氏規の到着を待っていた家康は、

「上洛できずとも、他国と戦をすることはできるということか」

一言こう云って浜松へ帰っていった。

佐竹義宣は牛久城を攻撃したものの果たして落城させるほどの強い気持ちがあったのか。佐竹、宇都宮は上洛こそ果たしてはいないが前々から秀吉へ臣従の意を示している。小牧・長久手で秀吉と家康が戦った折、秀吉は義重・義宣親子らに北条方の小山城を攻撃させたことがあった。それに対応するため北条方は家康に援軍を送ることを見合わすこととなった。今回、佐竹軍が北条領に侵攻してきたのも氏規の上洛と無関係とはいえない。北条氏上洛の動きについては秀吉の取次ぎ役を担う石田三成が佐竹氏に逐一情報を入れている。三成は北条氏が先に上洛を果たせば国境の確定に北条氏の主張が強く反映されるようになることを案じ、それを阻止するため義宣に仕掛けさせた節がある。これによって氏規の上洛は大幅に遅れることとなった。氏規が京に入ったのは家康から督促を受けてから三ヶ月経った八月下旬のことだった。

(2)

小田原を発った氏規一行は八月二十二日、京都に入ると京都御所にほど近い相国寺を宿舎とした。秀吉拝謁の日、巳の刻に武家の正装である引立烏帽子に直垂というでたちの氏規は、肩衣袴姿の二百の供を従え宿舎を発った。上長者通りを抜け大名屋敷の建ち並ぶ通りに沿って聚楽第へと向かう。東国において『装束は小田原衆』と称されるだけあり白の絹地に鶴の絵をあしらった直垂は朝日に輝くように映える。やがて前方に聚楽第が姿を現した。聚楽第の敷地は東西三百間、南北二百十間ほどもあり四方は堀に囲まれ三つの曲輪を持つ堂々たる城の造りとなっている。ここにおいて四ヶ月前、後陽成天皇の行幸がなされた。

当時秀吉は北条氏と一時的ながら和睦していたことから当主氏直が帝に拝謁するために上洛し、その後秀吉と顔合わせをし、和睦を確かなものにするという方法もあった。ところが父氏政は北条方が出向いての和睦強化などあり得ないという考えで上洛は実現しなかった。

供の者たちは邸内に入ることはできずに南外門の前で待機することになり宿老の朝比奈泰寄のみが随行を許された。泰寄は今川家譜代の臣だったが今川氏真が駿河国最後の砦となった掛川城を明け渡し北条氏に庇護を求め伊豆国に退去する際、多くの家臣が武田や徳川に寝返る中、氏真を見限ることなく兄弟の泰勝と共に同行した。その後、北条氏規が氏真から貰い受け氏規に仕えることとなった。一方の泰勝は後に家康の目に留まり氏真了承のもと、徳川家に仕えることとなり今では北条氏との交渉役を担っている。

氏規は二の丸を通り本丸の控えの間に通された。しばらく待たされた後、前室を通り大広間へ案内された。時刻はちょうど正午だった。大広間の入り口に立った時、氏規は目をみはった。そこには公家の正装である黒の衣冠束帯に威儀を正した二十名余りの者が左右二列に並んでいたのだ。向かって左奥二番目には家康の姿があった。はじめて三島で対面したときの家康は麻の素襖というういでたちで北条衆の前では著しく見劣りしていたが、この日の家康はまるで別人のような威厳を漂わせている。

家康は正二位内大臣織田信雄と従二位大和大納言豊臣秀長の間に座っている。秀長から一人置いて上杉景勝の姿もある。景勝は越後宰相として従四位下の位を授けられたばかりだ。景勝の上座に位置しているのは備前宰相宇喜多秀家従三位中納言だ。一番下座に居るのはほんの一ヶ月前に上洛を果たした安芸宰相従四位下毛利輝元だった。ここ数年の間に十名以上の大名が氏政と同格かそれ以上の官位を与えられ悉く秀吉の傘下に入ることとなったのだ。

右の列上段は明らかに武将とは異なる佇まいの者たちが占めている。彼らは公卿だと一目で分かった。上座の菊定晴季右大臣に続き、観修寺晴豊大納言、日野輝資大納言、花山院家雅宰相と続くが、無論氏規は面識がない。続いて少将従三位織田信包、従四位下細川忠興侍従、以下同じ従四位下の長谷川秀一、毛利秀頼、筒井定次、大友義統、島津義弘、小早川隆景、吉川広家ら侍従が居並ぶ。氏規にとって初対面の者ばかりだった。氏規は左側の末席に位置する吉川広家と蜂屋頼隆侍従の横に着座した。

関東においては官位など槍一本の重みもないと豪語し中央政権とは一定の距離を置いてきた北条氏だったが氏規はこの日、官位の不思議なまでの威力をまざまざと見せつけられた。今まで帝と将軍家の権威が失墜したことで群雄が割拠していたが秀吉は帝の権威を復活させ関白職に就き、臣従させた武将を朝廷へ奏請し官位を与えることで序列を明確にし自らの権威付けを図ったといえる。これによって自分に従うべき地位にあることを知らしめたのだ。以前秀吉は武家の棟梁たる征夷大将軍の地位を得ようとして足利義昭の養子となることを申し入れたが断られている。そこで朝廷に莫大な献金をして関白に任じられることで将軍家をも凌ぐ地位を得た。今や秀吉に逆らえば朝敵となり日本国中の大名を敵に回すことになる。

この日氏規が最も驚かされたのは兄氏政といえども目通りの叶わないような公卿たちが同席しているということだった。従五位下の氏規は美濃守を称してはいるがこれは父氏康から与えられた呼称であり朝廷からの補任ではないことから無官の身と云え、本来ならこのような処は場違いといえる。中央において今の北条氏の地位はその程度なのだ。

北条氏は今まで上杉景勝と敵対してきたが力が拮抗していることから直接対決を避けてきた。もしも秀吉が関東征伐に動くようなことになれば景勝はこの時とばかりに先陣を願い出るに違いない。景勝ばかりではない。ここに居並ぶ大名はこぞって秀吉の下知に従うことだろう。北条は徳川家と同盟を組んでいるとはいえ、たとえ家康が北条方に付いたとしてもこれだけの大名相手では如何ともし難いのは誰の目から見ても明らかだ。

氏規は平静を装っているものの額には脂汗が浮き出てこめかみから一筋二筋と冷たい汗が流れ落ちてきた。そのとき高間の脇奥から小姓を従えた秀吉が姿を現した。左右に控えていた公家や武将たちは一斉に低頭した。氏規も思わず平伏した。中央に着座した秀吉は一呼吸置いておもむろに頭を上げるよう声を掛けた。そして一同を見渡した後、末席に控えている氏規にはじめて目を向けた。

「美濃守か、よう参った。ご苦労である。これで関東も平穏が保たれよう」

「遅参いたしたことお詫び申し上げます」

氏規は我に返った面持ちで答えた。

「よいよい、関東の地も何かと事情があるのであろう。したが北条もこうして参った。これでわしも無駄に兵を出さずに済む。領民も安堵することであろう。戦で苦しむのは常に民百姓じゃ」

「仰せの通り」

「北条がこうして上洛し、関東の争いごとが収まれば、あとは当主氏直と氏政が上洛してくるのを待つだけじゃ。二人は早々に参るのであろうな」

「当年中には必ず上洛いたします」

「なに、当年中じゃと？　遅い、それでは遅い」

「恐れながら、上洛する前に是非とも片付けておかねばならぬことがございます」

「なんじゃ、それは、申してみよ」

「はい、上野の地は徳川殿と和睦して以来我ら北条が治めておりますが、そこにある沼田の地を真田安房守が未だ不法に占拠しております。徳川殿が信濃に替え地を与える故、我が方に明け渡すよう申しましたがそれに従わぬことから上野の地の争いの種となり、うかと国を離れることができずにおります。故にこの際、関白殿下のご威光をもって、沼田領を北条方に引き渡すよう安房守に御下知給われば幸いに存じます。沼田領さえ渡していただければ争いの種が消え後顧の憂いなく氏政、氏直揃って上洛拝謁し、今迄の延引の罪をいく重にもお詫び申し上げます」

「安房守は家康の寄騎だが、家康の下知にも従わないというのか」

「徳川殿は今まで何度か引き渡しを命じてきましたが一向に従おうとはいたしません」


その場には家康もいたが、秀吉は家康に問うことはせずこう云った。

「その沼田の地が引き渡されれば氏直親子はすぐさま上洛すると申すのだな」

「御意」

「地境のことは知るところにあらず。そのようなことをこの場で詮索しても始まらぬ。後日、改めてこのことに詳らかなる家臣を上らせて詳細を申すようにいたせ。その上で裁定を下そう。しかる後氏政・氏直は速やかに朝聘の礼をなすよう」

「かしこまりました。この件が落着した暁には必ず速やかに上洛し殿下に拝謁いたすよう申し伝えます」

　氏規の申し出は氏政の意向によるものだということは言うまでもない。氏政はあくまでも体面にこだわった。秀吉に交換条件を示しこれに応えさせることによって上洛は秀吉の武威を恐れてのことではないということを内外に示そうとしたのだ。一方の秀吉はそんなことには一向に頓着する様子はなくその条件をこともなげに飲んだのだ。

「よし、話はここまでじゃ。この後の内裏参内については大和大納言（秀長）が取り計らうであろう。では杯をとらそう」

この言葉を合図に三懇の酒宴となった。酒宴といっても皆どこかよそよそしく、北条と敵対している上杉景勝は元より毛利輝元までも氏規と言葉を交わすことを露骨に避けた。早雲以来、五代に渡って関東の雄として君臨してきた北条だが、京の都での氏規は無冠の田舎侍に等しい。酒宴は秀吉が奥へ姿を消した後も続けられ申の刻まで続いたが最後まで氏規は身の置き処がない思いをしていた。


翌日氏規は秀長に招かれ饗応を受けた。宇喜多秀家、細川忠興ら西国大名が同席したが毛利輝元は腹痛を理由に姿を見せることはなかった。北条氏と交わりを持ったところで何の益もないと考えてのことだろう。宴のあと氏規は秀長に誘われ別室で茶のもてなしを受けた。秀吉の異父弟秀長は自由闊達な兄に比べ何事にも慎重で、かつ温厚で寛大であることから諸大名の信頼は厚い。小柄で細身の兄と異なり、上背はさほどないが若い頃農作業で鍛えたがっしりとした体躯をしている。その秀長が茶を点てながら氏規に秀吉の内意を伝えた。

「関白殿下は氏規殿を従四位下参議に奏請されるので謹んでお受けなさるよう」

秀長としては悪くない話を打ち明けたつもりのようだったが、氏規は喜ぶ素ぶりを見せなかった。

「それは有り難いお話ではありますが、そのようなお心遣いは無用にございます」

「まさかお受けなさらないということではありますまいな」

「当主氏直は従五位下左京大夫に叙位されております。使いの某がそれを超えるわけにはまいりません。どうかお察し願います」

「氏政殿と氏直殿が上洛なされれば新たな官位を授けられることでしょうから、氏規殿がここで叙位されても差し支えないのでは」

「たとえ一時とはいえ当主を超える位に就くわけにはまいりません。どうかご容赦のほど」

「これはこれは、氏規殿は駿河大納言（家康）が申される通り律儀なお方じゃ。それではその旨、殿下にお伝えしておきましょう」

秀長はこう云って引き下がった。人たらしといわれる秀吉の甘言にうっかり乗れば身内の分裂を引き起こしかねない。氏規はこのことを警戒したのだ。

氏規は四日後の二十八日に朝廷に参内し、しろかね(銀)千枚と太刀一腰、馬三疋を進上し、翌日には帰国の途についた。

氏規にとって今回の上洛はいつの間にか築かれた新たな権威という舞台の上で秀吉との格の

違いを嫌というほど見せつけられる結果となった。秀吉は同席する諸大名に貴族の正装である衣冠束帯を身に着けさせ視覚的にも氏規との違いを露わにする演出を施した。彼らは皆、秀吉に臣従したことで奏上され官位を与えられたのだ。遅れて臣従の意を表するために拝謁する氏直と氏政は豊臣家臣団の末席に据えられることになる。それは関東の雄として君臨する者としては到底受け入れられることではない。

此度の上洛で氏規が強く感じたことは、かつて成り上り者とさげすんでいた秀吉は今や単なる大大名ではないということだった。天皇を補佐する関白という地位にあり従来の将軍以上の権力を握っている。ひとたび天皇の名の許に挙兵すれば上杉景勝ばかりでなく、宇喜多秀家、前田利家、細川忠興らはこぞって従うことだろう。さらに現在、北条と敵対するため結束している関東の佐竹義重・義宣親子、宇都宮国綱らも加わるのは明らかだ。何より北条氏の理解者である家康が果たして北条側に付くかどうかも分からない。そうなれば日本国中を敵に回すに等しいことになる。かつて柴田勝家は自分を凌ぐほどの力をつけてきた秀吉をどうしても受け入れることができずに対立したが、離反する者が相次いだ結果遂には滅ぼされた。そのような愚は何としてでも避けなければならないと氏規は強く心に刻んだ。

(3)

小田原に戻った氏規は上洛の模様を漏れなく語った。自分の主観を入れることを極力避け、今後の対応について一族が冷静な判断を下せるよう心掛けたが、聚楽第で味わった屈辱は言葉の端々に知らず知らずのうちににじみ出てくる。氏規の報告を聞いた氏直は苦々しい思いでいっぱいだった。北条氏は徳川氏よりも格上と考える氏直だが話を聞いた限り秀吉の前に出れば従二位権大納言の家康の下位に位置付けられることになる。それればかりか明らかに自分より格下のはずだった諸大名が軒並み従四位下以上の官位を与えられている。氏直の官位は従五位下左京太夫だ。父氏政は官位など槍一本の重みすらないと豪語し氏直もこれに同調してきたが、上洛すれば秀吉お手盛りの官位の前に屈することになる。

(このまま上洛しても屈辱を受けるだけだ)

氏直がこう思ったとしても無理はない。

その日、主だった北条一族が集まっていたが、氏規の話に愕然とするばかりで今後の対応についての話をしようとする者は誰一人として無かった。決まったのは氏規が無事帰国できたことで家康から預っていた人質を返すことぐらいだった。氏規の話を聞いて嫌気がさしたのか二日後、氏政が改めて隠居を表明した。これで氏政の隠居表明は三度目となる。一度目は信長から氏直に家督を譲るよう迫られたとき。二度目は秀吉が『関東惣無事令』を発したとき。そして今回だ。氏政が新しい時代の波の到来に嫌気がさしてこれを機に宣言通り政務からスッパリと身を引いていたなら北条氏の行く末も変わっていたかもしれない。しかし前回もそうであったように政務への執着を捨て去るようなことはなかった。隠居表明は困難に直面した時に謂わば一時的に現実逃避するための方便で氏政の性癖ともいえた。

氏規の上洛によって明らかとなった西国の様子が北条氏に衝撃をもたらしたのは確かだ。ところが視点を変えれば全く違う見方となる。当主氏直の名代氏規の上洛に合わせて菊亭晴季右大臣はじめとする公卿並びに越後の上杉、安芸の毛利まで呼び寄せたということは、如何に秀吉が北条氏を意識していたかということになる。このような大掛かりな饗応は関東ばかりか奥羽の諸大名に北条氏を従えたことを知らしめるための儀式でもあったのだ。家康が上洛したときには秀吉の身に着けている陣羽織を所望し、これからは家康が関白の盾となり二度と戦場に出すようなことはさせないと家康らしからぬ臭い芝居で大見得を切ったが、氏規もまた秀吉の狂言の舞台に上って共に天下泰平を招来する舞を舞うこともできる立場にあった。しかし秀吉の威の前に氏規にはそこまで演ずる余裕はなかった。

秀吉から沼田領に関して詳しい者を上らせるよう要求された氏直は家老の板部岡江雪斎を派遣することにした。使いさせるに当たって氏直はこう云い含めた。

「よいか、沼田領が真田の手の内にある限り上野の国を平定したことにはならぬ。ここが北条領であることは紛れもない事実。必ず関白から真田に返上を命じるよう申し入れてまいれ」

江雪斎は氏康の代から仕える重臣だ。氏政が信長と同盟を結ぶ際の使者の役を担い、信長が本能寺で倒れ家康と氏直が対立した際も氏規と共に和睦交渉に当たった。江雪斎は自国の利だけを求めようとはせずそれでいて自国の利を損なうことなく相手側との間に絶妙ともいえる妥協点を見出すことができる人物といえる。江雪斎の考えは氏規に近く秀吉との対立は何としてでも避けるべきという立場に立つ。

その江雪斎が秀吉のいる聚楽第へ赴いた。会見の場は本丸の二十畳ほどの居間だ。左右の襖絵は左側に紅梅、右側に白梅が描かれ、背景には金箔がふんだんに使われた秀吉好みのきらびやかなものだ。秀吉は小姓一人を従え江雪斎の前に現れた。江雪斎はやや緊張気味に挨拶の辞を述べた後、早速本題に入った。

「北条が信長公の横死によって徳川と争った（天正壬午の乱）ことがありましたが、その後和睦が成り徳川殿の姫が氏直様に嫁ぎ上野の地は北条が治め、甲斐・信濃は徳川が治めると双方の間で取り決めがなされました。上野の地を北条が治めると決定したからには領内にある沼田の地は北条方に引き渡されるべきところ真田昌幸が占拠し続け未だ引き渡されずにおります。そのため上野の地の治安が定まらず主人氏直も領国を離れることができずにおります」

秀吉は江雪斎の話を黙って聞いていた。どうやら江雪斎の云うことに誇張や嘘はないようだと見極めたうえで秀吉はこう云った。

「北条と徳川が和睦した際の取り決めは家康が娘を氏直に嫁がせる条件の下、甲斐・信濃については徳川、上野については北条と定め、あとは双方の切り取り次第としたのであろう。その後家康は自力で甲斐・信濃を平定したが、氏直は上野の地を平定できずにいるだけのことではないのか。そのことをさも家康が違約したかのように云うのは事を左右に寄せた言いがかりというものじゃ。とはいえこのままでは氏政親子は上洛できかねるのであろう。よい、わしが納得のいく裁きを下してやろう」

複雑な経緯を聞いて直ちに全容を把握した秀吉に対し江雪斎は内心驚いた。誤解の無いようさらに説明を加えようとする江雪斎を秀吉は制止し、あっさりと雑談に切り替えた。そして氏直と氏政の食べ物の好みや何時に寝て何時に起きるとかいった一見とりとめのないことを聞いたりした。その後秀吉は一旦奥に引っ込んだ。

独り居間に残された江雪斎はまんじりともせずに端座していた。するとしばらくして廊下に小姓が現れた。小姓は江雪斎を別室へと案内した。向かった先は本丸の廊下の南端にある別棟の庵だ。江雪斎は小姓に促されるまま腰をかがめ躙口（にじりぐち）から部屋の中に入ろうとした。そこはきらびやかな居間とは対照的な四畳半の薄暗い茶室となっている。部屋の中には既に人がいる。それが秀吉と知った江雪斎は慌てて顔を伏せ後ずさりした。

「そのまま、そのまま、入られよ」

恐縮する江雪斎を秀吉は居間にいたときとはうって変わって十年来の知己のような口調で部屋の中に招きいれた。躊躇していた江雪斎だったが言われるがまま両膝を付いて中に入るしかなかった。丸窓の障子を通して日の光が差し込み部屋の中を淡く照らし出す。四畳半ほどの部屋では互いに手を伸ばせば届くほどの距離だ。秀吉は江雪斎を招き入れると一変して取り澄ました顔となり茶を点てはじめた。茶筅の音が狭い部屋の中に響く。江雪斎は身を固くしたまま秀吉の手元を見るばかりだ。やがて秀吉は点てた茶を江雪斎の前に差し出した。こうなったら喫さないわけにはいかない。江雪斎はぎこちなくそれを手にして口に運んだ。

江雪斎が茶碗を置くのを見計らって秀吉は緊張をほぐすように話し掛けた。

「北条が関東においてこれまで繁栄してきたのもこれも皆優れた家臣に恵まれていたからであろう。そなたもひとかたならぬ信頼を得ているやに聞く」

「とんでもございません。某などは家臣の末席を汚すのみの者にございます」

「ハハハ、謙遜することはない。氏直の名代としてこうして上洛してきたそなたじゃ。どうして家臣の末席を汚すのみの者と云えようか」

「いえ、北条家には某など及びもつかない者があまたおります」

江雪斎がこう云ったのは北条方には豊富な人材があり決して侮れない存在だということを暗に示そうとしたからだ。秀吉はその言葉に引き込まれるかのように問い返した。

「ほう、そなたの他にも優れた者がいると申すのか」

「某など主君の命に従うばかりの者にございます」

「そんなことはあるまい。それでは他にはどのような者がいるのか」

「第一に筆頭家老の松田尾張守憲秀にございます。他にも山角上総介定方、伊勢備中守定連と挙げれば十指に余ります」

秀吉も松田憲秀の名は天徳寺宝衍（佐野房綱）から聞いたことがある。宝衍は下野国佐野家当主宗綱に仕えていたが、宗綱の戦死によって生じた跡継ぎに関する政争で北条氏に敗れ京へ逃れ今では秀吉に仕えている。宝衍は恨みを懐く北条氏の内情に精通しているので秀吉にとって何かと重宝な存在だ。

「松田が筆頭家老と申しても名ばかりの者ではないのか」

「とんでもございません。松田殿は先々代氏康公から仕えてきた重臣で軍事のみならず、内政においても優れ、今ではお館様（氏直）から全幅の信頼を得ております」

憲秀は知行一万石を超える宿老だ。

「そうか、そのような者が北条家を支えているのか」

「それだけに反感を抱く者もおりますが、判断に誤りが無く弁も立つことから松田殿の右に出る者はおりません」

「そうか、そのような者がおれば氏直も心強いであろう」

秀吉はさも感心したように頷いた。

「すると一軍を率いるに足る将というのも松田ということになるかの？」

「戦上手としてかつては朝倉能登守景澄、遠山景政らの名が挙っていましたが、今では北条氏勝と云えましょう。彼は三十二歳と若いながらも武勇だけではなく人望もあり当代一の武将と評されております」

「北条と名乗るからには北条一族の者か」

「かつては福島姓を名乗っておりましたが先々代の綱成のときに『北条』の姓を与えられ一門に加えられております。父氏繁も武勇に優れていましたが早世したためその跡を継ぎ、今では祖父綱成の再来といわれるほどの武将となっております」

「氏勝か、覚えておこう」

　こう云った後、話は茶の湯や絵画へと移りとりとめのない話がさらに半刻ほど続いた。終始和やかな雰囲気に包まれたひとときだったが、薄暗い部屋の中でも認められるほど江雪斎の額には脂汗が浮き出ていた。茶室を辞し控えの間に下がって独りになると江雪斎は思わず片膝を付いた。力が抜けしばらく足の震えが止まらなかった。

(4)

　江雪斎が小田原に帰国してから日を置かずして秀吉の取次ぎ役を務める石田三成の動きが慌ただしくなった。三成は反北条勢力の佐竹、宇都宮勢に対し万事を投げうってでも早急に上洛するよう伝えた。上洛に伴う進物の心配などしている場合ではないとまで云った。何故それほどまで急かせたのか。北条は何といっても関東の雄だ。上洛を果たせば秀吉はそれにふさわしい処遇と官位を授けるはずだ。それは秀吉政権下で重要な地位を占めることを意味する。三成は秀吉が北条氏を臣従させた後、先頭に立たせ奥羽平定を進めようとしていると推察していた。北条は徳川と同盟を組んでいるだけにその存在は侮れない。佐竹・宇都宮・結城らが北条氏の後塵を拝するようなことになれば秀吉政権下で彼らの地位は脆弱なものとなる。
とはいえ彼らにはそれぞれに上洛できない事情を抱えている。常陸国の佐竹義宣が上洛するには北条領を通らざるを得ない。下野国の宇都宮国繁は北の那須氏の侵略に悩まされている。そんな中、当主が国を空ければ北条氏がその隙を突いてくるのは目に見えている。それは『関東惣無事令』に違反して上野国の由良国繁や下野国の長尾顕長らの領内に攻め入り傘下に入れたのを見ても明らかだ。こうした事情を知る三成は次の一手を打った。それは万が一、関東に騒動が起きそれを鎮めるため関白が下向するようなことになったなら直ちにその旗の許に馳せ参じるということを誓わせることだった。

北条氏政・氏直親子の上洛の目途が立った秀吉は上機嫌だった。江雪斎が国許に戻るのと同時に佐竹義宣宛に「思いがけず近いうちに富士を一見できそうだ」と書き送った。秀吉は氏直の要求を受け入れたことで懸案だった領地問題に終止符を打ち氏政親子を上洛させた後、新たな支配者として関東に下向するつもりでいる。そのときは関東一円の豪族は挨拶にまかり出よという意味合いだ。義宣に対し関東入りを伝えたのは秀吉独特のやり方だ。氏政親子の上洛が決定事項であるかのような言い方をしておき、万が一、上洛を先延ばしするようなことがあれば約束を違えたといって声高に非難するための伏線となる。

十一月下旬秀吉は沼田領裁定を伝える使者を小田原に遣わした。使者は秀吉の命により途中駿府の家康の許に立ち寄り裁定の内容を説明したうえで小田原に向かった。その際、家康は北条との間に齟齬をきたさないようにと酒井忠次を同行させた。秀吉の裁定の内容は次のようなものだった。

『甲斐、信濃については北条が手を引き徳川の切り取り次第とし、上野については徳川が手を引き北条の切り取り次第となっているが、その後北条がそれを果たせないでいるため今回の問題が生じたのであって家康が違約したわけではない』

こう云って氏直をたしなめたうえ、

『上野で真田が所有している知行三万石を三分割し二万石を北条領とし、一万石を真田領とする。なお真田が失った二万石は家康が弁済する』

というものだった。さらに、

『裁定をもとに北条が上洛し出仕するという一礼を提出すればすぐさま上使を派遣し北条領となる沼田城などの引き渡しをすることとする』

こう書き加えた。家康に上洛を求めた際は従三位権中納言という殿上人の官位の奏請によって懐柔を図ったが、氏政・氏直親子に対しては領地の割譲という実利を示したのだ。

秀吉は何故、沼田領の三分の一を真田領として認めたのか。それはかねてより昌幸が秀吉に沼田の地は真田家累代の墓があることから誰であろうと引き渡すわけにはいかないと訴えていたからだ。ところが名胡桃(なぐるみ)城のある沼田領は昌幸が武田勝頼に仕えていた頃、戦功によって与えられた地だ。従って鎌倉時代に東信濃の上田に土着した真田氏の累代の墓があるのは上田真田郷であるはずだ。ところが秀吉は昌幸の訴えを受け入れた。かつて秀吉は昌幸を「表裏比興(ひきょう)の者」と評し油断ならぬ者であることからそのうち成敗しようと考えていた時期もあったが、今ではその昌幸の使い道を考えるようになっていた。秀吉は昌幸の主張を受け入れ累代の墓があるという名胡桃城周辺を残し、他の三分の二を北条方に割譲するという裁定を下した。家康や氏直から沼田領の放棄を求められながらも頑なに応じようとしなかった昌幸だったが名胡桃城が残ったことで裁定に対して何の苦情も申し立てることはなかった。昌幸は裁定が下るやすぐさま沼田領内の家臣に知行替えを伝えた。行先は家康から割譲された信濃国上伊那郡箕輪領だ。天下人秀吉の裁定が下った以上、それが覆ることはないと考えての速い対応だった。

一方秀吉の裁定を受けた氏直は受諾するか否かを評議するため重臣を集めた。その内容を知って真っ先に声を発したのは上野国を統治する氏邦だった。氏邦は武田・上杉からも一目置かれた猛将で武勇に優れ脇目もふらずに猪突するところがある。その反面身内を大切にすることから家臣や領民からは慕われている。

「沼田領の三分の二とは如何なることじゃ。上野の地は徳川との間で北条領と決まった地であろう。わが方は信濃と甲斐を譲り渡した。沼田に居座る真田も関白の命があれば否も応もなく沼田全域を明け渡すはずなのに何故、わざわざ三分の一を残すのか」

三度目の隠居宣言の舌の根も乾かぬうち政務に加わるようになっていた氏政は氏邦の言葉に大きく頷いた。それに対して八月に上洛を果たした氏規が言葉を選ぶようにして云った。

「とはいえ裁定を関白に委ねた以上、裁定が下されたならそれに従わざるを得ないのでは」

「そなたは名胡桃と岩櫃に真田一族が居座ることに同意するというのか。沼田城が返還されても向かい城の名胡桃城が真田の手にあれば争いの元になるのは避けられまい」

「したが今まで三度も出陣しながら落とせなかった沼田城が関白の裁定で返還されるのですからこれで良しとしなければなりますまい」

「お主、やけに関白の肩を持つの、まさか都に行ってすっかりたぶらかされてしまったのではあるまいな」

氏邦は皮肉を込めてこう云ったが氏規は取り合わなかった。

「兄上は如何お考えで」

氏邦は氏照に水を向けた。

「このようなあいまいな裁定を下す以上、関東の地もどうなるか分からぬぞ。かつて信長殿が我らの有していた東上野の地をそっくり滝川一益に与えたように関東の地も佐竹、宇都宮の言い分を受け入れて削減しようとするやもしれぬ。このような裁定ではお館様やご隠居様に上洛していただくわけにはいかぬであろう」

「わしも同じ考えじゃ。ここはあくまで沼田領全域の返還を求めるべきじゃ」

上野領の統治を担う氏邦はこう主張した。そのとき氏政が一つの提案を示した。

「沼田領の三分の二を北条領とするのであれば相手の気が変わらぬうちに受け取っておくのも一法じゃ。そのうえで圧力をかけ続ければ北条領に囲まれた名胡桃城は持ちこたえることはできまい。ここは三分の二とはいえ沼田領をひとまず受け取り、上洛については向こうの出方を見ながら判断してもよかろう」

それまで難色を示していた氏邦だったが兄氏政がそう考えるならと云って同意した。上野国を預る氏邦は氏政が云った『圧力をかける』という言葉を彼なりに解釈したようだ。

こうして氏直は秀吉の裁定を受け入れた。そもそも天下人秀吉の裁定に抗えるはずもないが、それでも重臣を集め評定を開いたのは決して秀吉に言われるがまま従うのではなく、一族が評議したうえで決定したことだということを家中に示すため踏まなければならない手順と云えた。かつては家康ですら上洛するにあたっては重臣たちの強い反対にあい家中分裂の危機に見舞われ、重臣石川数正が出奔するという騒ぎを引き起こしたほどだ。秀吉の裁定を受けるか否かについて評定を重ねる中で家中が分裂しなかったのはむしろ北条一族の結束の強さを示したものと云えよう。

氏直は取次ぎ役の富田一白と津田盛月を通して『沼田領の返還が成された上で父氏政と共に上洛して出仕する』という誓紙を差し出した。その結果上洛が延びることになるが、沼田領の返還を見極めたうえで上洛するという氏直なりの理屈だ。沼田領の返還が決まれば直ちに上洛するとこれまで云ってきたことと明らかに異なる申し出だったが、意外にも秀吉は咎めるようなことはしなかった。そのとき秀吉は側室茶々姫（淀の方）の懐妊が分かり有頂天になって北条どころではなかったのだ。

翌年五月、秀吉にとって初めての子鶴松が誕生した。秀吉は喜びのあまり親王はじめ三位以上の上達部（かんだちめ）や殿上人ばかりか諸大名にまで祝儀として金銀を配った。これが後に『関白の金賦（くばり）』と云われた大盤振る舞いだ。やがて喜びも一段落したところで秀吉は改めて沼田領問題に手を付けた。裁定に基づき沼田領の三分の二を北条方に渡し、氏政親子の上洛を促そうとしたのだ。

（5）

七月にはいよいよ沼田領の引き渡しが行われることになり津田盛月と富田一白が使者として下向し、立会人として徳川家からは榊原康政、案内役として真田昌幸の長男信之が同道した。氏直は叔父氏忠を派遣した。上野領の統治者は氏邦だがその氏邦ではなく下野佐野領を統治する氏忠が受け取り役となった。ではそのとき氏邦は何をしていたのか。彼は軍勢を引き連れ森の中に身を隠し土地を追われた真田方が引き起こしかねない不測の事態に備えていたのだ。姿を現さなかったとはいえ一つ間違えれば威嚇とも受け取られかねない行為だ。幸い城引き渡しはつつがなく行われた。沼田城には権現山城主の猪俣邦憲が入った。

上洛するという一札を提出すればすぐにでも沼田引き渡しをすると云っていた秀吉は、その約束を果たした。これで残るは氏政親子の速やかな上洛のみとなる。秀吉念願の関東惣無事の実現も間近に迫ったかに見えた。ところが氏直は沼田城引き渡し後、お礼言上の使者を送らずにいた。それには沼田領の全域でなかったことへのわだかまりと、もともと北条の所領だという意識が働いていたからとも云える。しかしそれはあくまで北条側の言い分だ。氏直の非礼に秀吉は怒った。こうなると秀吉という男の頭は異常な速さで回転し出す。たちまちのうちに報復の筋書きが出来上がった。それは考えて出てくるというものではなく湧き出てくるものなのだ。

秀吉が京にいた家康を呼び出したのはそれから間もなかった。秀吉は北条氏への怒りは微塵も見せることとなく上機嫌な顔で家康を迎え入れた。家康は平伏して挨拶の言葉を述べた。

「捨丸様（鶴松丸）もお健やかにお育ちのご様子。何よりでございます」

いつもながらへりくだった態度だ。しかし秀吉はそれがあくまで従一位関白太政大臣という官位に対して礼を尽くしているのであって決して秀吉自身に対してのものではないということを薄々感じ取っている。家康自身はどんなに頭を下げようと自分を卑下する気持ちは微塵もないはずだ。そこに秀吉は薄気味悪さを感じている。しかしそんなことはおくびにも出さないで答えた。

「捨丸か、自分で云うのも何じゃが、昨日はこれ以上可愛い児はないと思っていたが、今日の捨てはそれ以上に愛しい。我が子とは際限もなく可愛いさが増していくものらしい」

「それでは一日たりともお傍から離したくありませんでしょう」

家康は秀吉が最も喜ぶ話を持ち出してきた。秀吉は茶々姫が鶴松丸と住む京都伏見の淀の城に、政務の間を縫い足繁く通っている。五十過ぎて恵まれた鶴松丸の顔を見ない日は一日たりとも耐えられないほど京の都は離れ難いものとなっている。このまま京に腰を据え国内に目を光らせていければどれほど良いことかとも思う。しかしそうとばかりも言っていられない。秀吉は突然話題を変えた。

「以前わしが出仕に応じぬ北条を成敗しようとしたとき大納言は民のことを思えば今、兵を動かす時ではないと云い自ら北条を説いて美濃守（氏規）を上洛させたの」

「はい、あれはまことに殿下のご英断でした」

「美濃が戦回避のお礼言上に来た後、次は氏政親子が上洛し融和を図ることとなっていた。ところが美濃は氏政親子の上洛にあたって真田の有する沼田領の引き渡しを求めてきた。上野の地は切り取り次第となっていたが北条はそれを果たせずにいたのだが、それを口実に上洛を拒むようなことをさせてはならぬと真田家累代の墓があるという名胡桃を除いた沼田領を引き渡させた」

「如何にも、見事なお裁きでした」

「ところがじゃ、本来なら城受け取り後、直ちに上洛すべきところ一向に上洛する様子がないうえ、引き渡し後の御礼言上の使者すら送ってこない。氏政親子はこの関白をたぶらかしたのじゃ」

家康は思いも寄らないことを聞かされたという顔になった。沼田領裁定を伝える使者として妙音院と一鴎軒が下向してきたとき家康は酒井忠次を同道させ、同時に朝比奈泰勝を氏規の許に送り使者に対してきちんと対応するよう伝えるなどして心を配っていたからだ。今回、沼田領受け取りに当たっては榊原康政を立ち合わせ行き違いのないよう心配りもしてきた。ところが秀吉から北条は沼田城引渡後、上洛するどころかお礼言上の使者すら送ってこないということを聞かされ少なからず動揺したようだ。

氏直の鷹揚さは今に始まったことではない。六月上旬、沼田領が引き渡されたので約束通り速やかに上洛するよう求めた妙音院と一鴎軒に対し年明けの出立を申し入れていたのだ。使いの二人はさすがにこれには驚いた。そのような返事を持ち帰れば秀吉の逆鱗に触れるのは目に見えている。しかし氏直は氏政の体調を理由に翌年出立を主張して一歩も譲ろうとはしない。対応に窮した妙音院と一鴎軒は苦し紛れに『年内出立、年明け京着』という妥協案を示した。年内に小田原を発つのであればかろうじて秀吉の怒りをかわせると踏んだのだ。

「そのうえ北条は未だに『関東惣無事令』に違反して常陸、下野の地を侵していると聞く。昨日は常陸下妻の多賀重経と下館の水谷勝俊の許から北条の横暴を押さえるため東征の嘆願書が届いた」

「沼田領引き渡し後、氏政親子は上洛の準備に入っていると聞き及びますが、すぐさま上洛するつもりでいたことから、そのときに併せてお礼言上をするつもりだったのかもしれません。とはいえ上洛は何よりも急務。氏政殿が病がちというのであれば当主氏直殿だけでも上洛させることも考えられましょうが」

家康がそう云うと一瞬、秀吉は鋭い眼差しを家康に向けた。それまで天真爛漫に振舞っていた秀吉が現した僅かな変化だった。もしも相手が側近の石田三成や大谷吉継であったなら「それも一つの考えではある」とでも云って軽く聞き流しているところだ。しかし相手が家康となると秀吉の心中を見抜いたうえでの言葉ではという警戒心が働いたのだ。秀吉は氏直を名指しすれば何を置いてでも上洛してくるに違いないと見通していた。しかし秀吉はそれを望んではいない。あくまで氏政親子揃っての上洛でなければならない。そこに秀吉の本心があった。黒田官兵衛であればズバリ、

「殿下は来るはずもない氏政に上洛を求めておられる」

と云い悦に入るところだろうが家康はそのような軽はずみな言動はしない。家康は秀吉の考えに気付いているようだがそのことはおくびにも出さずにいる。

秀吉はすぐに相好を崩し、

「氏直の名指しか、これは思いもよらなんだ」

こう云って笑った。家康は秀吉の僅かな変化を見逃さず言葉を繋いだ。

「とはいえ氏政殿が上洛してこそ関東ばかりでなく奥羽の国人、豪族がこれに倣うことになるのでしょう。氏直殿では重みに欠けるところがあろうというもの」

こう言い繕って話題を転じようとした。ところが秀吉はそれで終わりにはしなかった。

(6)

「大納言は氏政に何度か会っているからその人物を知っておろう。氏政はどのような男なのか」

話を引き戻された家康はさらに慎重になった。

「そう、氏政殿は剛毅な武将と云えましょう。関東における領国を一気に広げた働きは、かつての関東管領山内上杉氏も成しえなかったことです。関八州の領国化まで今一歩のところまで漕ぎつけたのはそれなりの力量がなければできないことです」

「そなたはいたく氏政を評価しておられるようじゃな。したが忘れてはならぬことがある」

「はて、それは……」

「信長公が倒れたとき、真っ先に織田領の上野の地に攻め入ったのが氏政だということじゃ」

秀吉は北条が織田家と同盟国でありながら滝川一益の治める上野の地に攻め入ったことを忘れてはいなかった。

「ところが大納言、実はこの男をわしはかつて恐れていたことがあった」

「これは驚きました。関白殿下のようなお方でも恐れるものがあったとは」

「ハハハ、わしとて初めから関白であったわけではない。それ、かつてわしとそなたが犬山と小牧山の間で戦火を交えたことがあったであろう」

「はい、そのとき我らは早々に犬山城を奪われ大いに難渋いたしました」

「フフフッ、何事も機先を制することが肝要じゃからの、いや、そのようなことはどうでもよい。そのときじゃ、わしが怖れたのは。いや、警戒していたとでも言おうか。それが何だったのか大納言にはお分かりか」

「さて何でしょう。そのとき北条方は戦には加わっておりませんでしたが」

家康は見当もつかないといった表情をした。

(関白は何故このようなことを言いだすのか)と戸惑いの色を見せている。秀吉はいたずらっ子が後ろに隠していた物を取り出すときのような表情をして云った。

「そなたは分かっていながら答えようとはしないのだな。よい、それならこちらから云おう。それは氏政の動きよ」

「氏政殿の動き……」

「そう、北条が援軍を送ってくることだった」

家康は思いもよらなかったという顔をした。

「惚けずともよい。そなたが北条に援軍を送るよう再三要求していたのは分かっておった。それだけにたとえ僅かでも徳川方に援軍を送れば予断は許さない状況になるとわしは気を揉んでいたのじゃ。したがこれは北条を恐れてのことではない。そなたは兵の扱い方を熟知している。北条から援軍を受けそれによって戦況を有利に運ぶようなことにでもなれば氏政は必ずや追加の援軍を送るに違いない。そして遂には五万の兵を総動員するやもしれぬ。氏政は同盟を結ぶ国のために何かをするような男ではない。したが、自分のためなら何でもするといった男じゃ。そうなればさすがのわしもてこずることになる」

「はあ」

家康は（そういう考えもあるのか）というような表情をした。

「そこでわしは佐竹義重に命じて背後から攻めさせ北条を挑発させたのじゃ」

「はい、岩舟山で両軍の衝突がありました」

「もしも氏政に『義』を重んじる気持ちがあったのなら佐竹の挑発に対して抑えの軍を置いたうえで徳川方に援軍を送っていたことだろう。ところが氏政はそうしなかった」

家康は軽く目を閉じて当時を思い起こしている様子だ。氏政親子は家康に対して再三援軍を送ると云っていたものの、ついに一度として援軍を送ってくることはなかった。しかし家康はそれに対して一言の恨み言も云わなかった。

「氏政は計算していたのじゃ。たとえこの戦に加わったところで総大将が信雄殿である限り得るものはないとな。何しろ氏政は織田家にとっては裏切り者だからの。北条によって上野の地を追われた織田家の滝川一益は最後まで氏政に恨みを抱いて死んでいった。もっとも氏政が織田方を裏切ることなく、信長公の旧領の治安を守るためという名目で上野の地に入ったなら、それはそれでわしにとって厄介なことになっていたやもしれぬが」

こう云って秀吉は脇息に身を預けたまま皺だらけの手の甲を摩った。

「北条は『義』を重んじる家柄と聞いてはいたが氏政はその『義』を違えたのじゃ。戦略において敵を欺くことは必要だが『義』を違えるようなことをすれば『信』は得られぬ。『信なるものは昌（さかん）となる』というが、『信』がなければ何事も成り立ってはゆかぬ。わしも信雄殿と一時的な行き違いはあったものの、今では水魚の交わりをしている。これも皆、主家筋に対して『義』を違えることがなかったことで『信』を得た結果じゃ」

信長の遺児を互いに争わせ、最後は織田領のほとんどを横領したと云われている秀吉だが、自分なりに己の正当化は確立しているのだ。

「それにしてもそのとき氏政はまたとない機会を逃したといえよう。もしも徳川方に加勢し信雄軍に加わっていたなら上野国での裏切りの罪を償って余りあるものとなっていただろうに。もっともそれをさせなかったわしも大したものだが」

秀吉は真顔でこう云った。秀吉は自分で行ったことも客観的な目で見るようなところがある。

「とはいえ大納言も早いうちから氏政が援軍を送ってくることはないと見切っていたのではないのか。それどころか戦況の如何によっては徳川領を侵されるのではと警戒していたのでは」

「さすがにそのようなことは一度たりとも思いませんでした」

家康は笑いながら否定したが、その笑顔は心持ち強張っているようにも見えた。

「大納言は織田領の治安を守るためといって信雄殿の許しを得たうえで甲信に軍を進めたが、それらの地は今では皆徳川領となっている。これについて誰も非難する者はいない。それは『義』を守り人の道に沿ったやり方をしたからじゃ。それにしても大納言の人心掌握には舌を巻く。それまで激しく対立していた武田軍団を僅かな内にことごとく手なずけたのだからの。以前には今川家旧臣も組みこんでいるのだから驚き入る」

「某の力など知れています」

話はいつの間にか氏政から家康の話へと変わったがこれは秀吉独特の褒め殺しとも云える。このままでは話がどんな展開になるか分からないと警戒したのか家康はすかさず切り返した。

「某の力が及ぶのはせいぜい武将まで。ここが関白殿下と大きく異なるところです」

「謙遜するには及ばぬ。大納言の人心掌握は誰もが知るところじゃ」

「いいえ、決して謙遜などではありません。殿下は武将でなく国持ち大名の心を掌握なさる力がおありです。これは望んで得られるものではありません。いわば天賦の才ともいうべきものです。かの総見公（信長）ですら征服はできても諸大名を心服させることにまでは至りませんでした」

「ほう、そのような見方もあるのか」

秀吉はかつての主人信長と対比されたことに悪い気はしなかった。

（7）

秀吉はここで再び話を北条氏に戻した。

「ところで婿殿は今年何歳となる」

婿殿とは家康の次女督姫を娶った氏直のことだ。

「二十八となります」

「ほう、すでにそのような歳になったか。して如何じゃ」

「と、申しますと」

「如何は如何じゃ、出来はどうかということじゃ」

氏直は武田信玄の娘を母とする申し分のない血筋だ。

「一族からの信頼も厚く、孝心の強い若者と見ます」

「フフフッ、孝心が強いか……上洛するにあたって隠居の身である父親を同行させようとする者のどこが孝心が強いといえようか。そうであろう」

秀吉は皮肉な笑みを浮かべて家康の顔を覗き込んだ。

「息子に家督を譲っても政務を手放すことのできぬ氏政、家督を継ぎながらその責を十分に果たせぬ氏直、こうした関係は一族ばかりか国の行く末を誤らせることとなり百害あって一利なしじゃ。わしは今まで戦わずして相手を従えてきた。三木城の合戦では水を絶ち干殺しにして降伏させせた。鳥取城では飢しにし、高松城では水攻めにして勝利した。これらは皆、刀も鉄砲も必要としなかった。今度は北条を口先三寸で降伏させせてみせよう」

「口先三寸……」

「そうよ、氏政親子はこれまでにわしが一言発するたびに右往左往してきた。北条はこれまでに『関東惣無事令』に従わず戦いに備え小田原城の大普請を進めてきた。そこで『関東征伐』の触れを出すと今度は支城の普請を始め、そのために課税を重くし領民を苦境に陥れた。そしてわしが九州征伐を終えるといよいよ身の危険を感じたのか『人改め令』を発し梵鐘まで徴発するに至ったと聞く。その間領民は賦役と課税に苦しみ、最近では転退・逃散が相次いでいるという。最早、北条は領民の暮らしを守ってきたかつての北条ではない。『領民皆兵』といって防備を固めているようだが農民を根こそぎ動員したら一体誰が米を育てるというのじゃ。耕作する者がいなくなればその国は半年もたたずして滅びる。そんなことすら氏政親子は分かっていないようじゃ。北条方の領民は草臥れきっている。ここでもう一言加えれば一気に倒れる。まさにわしは刀も鉄砲も使わず口先三寸で北条を倒すところまで来ているのじゃ」

秀吉の云うように氏政・氏直親子は秀吉が北条征伐を口にするたびに、それが半分法螺であると思いながらも万が一に備えて城普請を行ってきた。

「氏政と大納言の大きな違いはここにある。北条には小田原城という要塞があることからここを拠点とする戦いが頭から離れない。ところがいくら堅牢な要塞であろうとも回りの城が陥落すれば城兵の士気は落ち、そう長くは持ちこたえられるものではない。必ずや籠城する者の中から裏切る者が出てくる。援軍を期待できない籠城は命取りになるということを氏政親子は分かっていない。それに比べ大納言は野戦を得意とするのでわしがいくら脅しても城普請に金銀を費やすことはなかった。戦場を絞れない戦ほど厄介なものはない」
この日の秀吉はいつも以上に饒舌だった。秀吉は言外に一度は家康の取り成しによって北条征伐を取りやめたが、二度目は無いことを暗に示したと云える。

それから間もなくして秀吉は長束正家に命じて二十万石の兵糧を駿河清水湊に船付けし江尻城に運び入れ、併せて黄金一万枚で米を買い整え輸送しておくよう命じた。さらに上杉景勝には北条征伐もあると書き送った。これは秀吉の常とう手段だ。家康と対峙した時も早くから兵糧を長浜城と大垣城に運び入れ、上杉景勝とも連絡を取り討伐の準備を進めた。ところがそのときは近畿地方に大地震が起こり大垣城の兵糧倉がことごとく焼け落ち討伐を一時断念せざるを得ない状況となった。これが世にいう天正の大地震だ。このことで家康はかろうじて難を逃れたわけだが、このような偶然は滅多に起きるものではない。

無用な争いを避けるには氏政親子の一刻も早い上洛が是非とも必要となる。上洛の準備も戦の準備も変わりない。『拙速は巧遅に勝る』という。今さら上洛の準備が整わないなどという言い訳が通るはずもない。戦を回避するには何を置いても氏政親子が上洛し、遅参したことを詫びること以外にない。上洛を要求する一方で秀吉は北条討伐の準備に取り掛かった。
当の北条方では上洛のための資金調達ははかばかしく進まずにいた。小田原城はじめ拠点となる城の普請は相変わらず続いたため領民の負担は限界に達していたのだ。氏直も氏政も領国を守ると云いながら最も迷惑を被っているのは守られるべき領民たちだ。『万民哀憐　領民尽礼』を家訓とする北条氏だが、今の北条氏は領民の困窮に目を向けているとはとても云えない。領民が苛政にじっと耐えているのは百年に渡って四公六民という税制を敷き外敵から守り続けてきた領主に対し、その旧恩に報いるのは今こそという気持ちが強いからといえる。領民が今の窮状に不満を漏らすことを恥と考えそれを表に出さなかったことが皮肉にも氏直が危機感を抱くまでには至らなかった一因となっていた。

三　名胡桃城事件

(1)

北条征伐はどうやら単なる憶測ではなさそうだという噂が氏直の許に次々と入ってくるようになった。なかには秀吉が上杉景勝に先鋒を命じ、平定後は関東を上杉氏に帰属させる考えのようだというものもある。上杉氏はかつて関東管領職にあった家柄であることから如何にもありそうな話ではある。どうやら噂の出処は秀吉に仕える天徳寺法衍(ほうえん)のようだ。法衍は秀吉が北条氏を滅ぼした暁には北条氏に奪われた佐野家奪還もありうると考えている。北条征伐の噂が漏れ聞こえてくる中、西国の動きに関心の薄い氏直もさすがにこのまま上洛を先延ばしにしていれば秀吉の怒りを買うとの危機感を抱き、極月には必ず上洛する旨伝えるため石巻康敬(やすまさ)と玉竜坊乗与を使者として派遣した。

そんなとき氏直の許に上野国を治める氏邦から知らせが入ってきた。それは沼田領の名胡桃城を手に入れたというものだった。喜ばしい知らせではあるが真田がこれまでに異様なほど執着してきた名胡桃城をそう簡単に手放すはずもないと不審に思った氏直は使いの者に問い質した。

「名胡桃は関白の裁定で真田領と定まったはずだが、一体何があったのじゃ」

「城将の中山実光より城明け渡しの申し入れがあり、猪俣殿が兵を率いて出向いたところ戦うことも無く開城した由にございます」

「名胡桃は真田が累代の墓があるといって譲渡を頑なに拒んでいた地であろう。そう易々と明け渡すとは思えぬが」

「中山殿はかねてより我が方に心を寄せていたようで、前もって猪俣殿に明け渡しを伝えていたのです。これについては氏邦様も同意され城を受け取り守備固めの兵を送られました」

これを聞いた氏直は叔父氏邦が承知したことならと納得した。秀吉の下した裁定は裁定としてその後、北条と真田の力関係によって状況が変わっていくのは常なることと考えたのだ。関東においては秀吉が『関東惣無事令』を発した後も上野の桐生城や下野の足利城において攻防が続いた。そのことからも名胡桃城の件もその延長線上にあると解釈したのだ。

「真田勢も我ら北条の威を恐れたのであろう。とはいえ油断は禁物じゃ。真田が退いたとなれば越後の上杉勢がいつ攻めこんでくるやもしれぬ。安房守（氏邦）に守備固めにぬかりのないよう申し伝えよ。こちらからも在番として兵を派遣するといたそう」

氏直はこう云ったが、彼はここで大きな見落としをしていたと云える。それは城を引き渡したのが城主鈴木重則ではなく城将中山実光だということだ。城主が開城したのであれば真田方に足並みの乱れが生じ北条方に寝返ったということになるが、城将となると北条方が謀略によって城を奪ったと受け取られかねない。このことに考えが及ばなかったことが後々、大きな問題となっていくことになる。

「なに、真田の所領が北条に奪われただと！」

名胡桃城が北条氏によって強奪されたとの報告を受け秀吉は目をむき、拳を脇息に力いっぱい叩きつけた。

「ついこの間下した裁定を破ったというのか！」

報告した富田一白と津田盛月はまるで自分たちが不祥事を起こしたかのように身を強張らせた。秀吉は三成を前に感情をむき出しにした。怒りの表情とは裏腹にしてやったり、という思いもあった。秀吉は今までに幾度となく北条討伐を口にしてきた。ところが上洛が遅いということだけで関東に軍勢を向けるには今一つ理由に乏しい。大軍を率いるには誰もが納得する明確な大義名分が必要だ。これまでに秀吉は度々北条征伐を口にし、その都度兵糧の手配を長束正家に命じてきた。ところが上杉景勝ら諸大名にいま一つ戦意の高揚が感じられないことを秀吉は敏感に感じ取っていた。ところが今回、北条自らその懸念を払拭するような又とない理由をつくったのだ。北条氏に対して怒りを表せば表すほど三成を通して上杉景勝ら大名の耳にも入る。

「七月に沼田領を氏政親子に引き渡したにもかかわらず十一月の今まで御礼の使者すら送ってこぬ。それどころか真田領と定めた名胡桃城を奪い裁定をないがしろにした。これは天子様を欺き謀りごと企てていることに他ならぬ。それでなくともこれまでに『関東惣無事令』に従うことなく近隣諸国を侵してきた。『不義を重ねれば自ずと倒れる』という諺もある。天道の理に背く者がなんで天罰を被らぬことがあろうか」

「仰せの通り、本来なら殿下が北条征伐を取り止めた昨年速やかに氏政親子は上洛すべきところ、沼田領の一件を持ち出し引き延ばしにかかり、沼田領が返還されれば直ちに上洛すると云っておきながら上洛もせず、そればかりか殿下の裁定に反したのです。このようなことを許せば天下に仕置きを成すことなどできませぬ」

三成の言葉は秀吉の怒りをさらに煽った。

「直ちに大納言（家康）と越後の少将（上杉景勝）を呼び寄せよ」

こう命じた後、秀吉は思い直したように、

「いや、待て、その前に昌幸を呼べ。話はそこからじゃ」

大坂城内がにわかに騒がしなった。そんなこととは夢にも知らず氏直が極月には上洛することを伝える使者の石巻康敬らは大坂に向かっていた。

その日の夕刻、昌幸が秀吉の許に駆け付けた。突然の呼び出しに昌幸は何事かというような顔をして現れた。実は昌幸はこれより先に駿府の家康の許に駆け込み名胡桃城が奪われたことを訴え出ていたのだ。沼田領についてはかつて家康が昌幸に北条方に引き渡すよう命じたがそれに従わなかったことで二人の間が険悪となった時期があった。その後秀吉の仲裁によって今では家康の寄騎大名となっている。このことから昌幸は主家である家康の許へ城奪回の軍の派遣について許しを得に行ったのだ。ところが家康から大名間の私闘は『関東惣無事令』に違反するので自重するよう諫められ、まずは富田一白と津田盛月に相談するようにと云われたのだ。しかし秀吉の前に出た昌幸はそんなことはおくびにも出さない。

秀吉もかつて沼田城をめぐって昌幸が家康と争っていたとき、昌幸が身を寄せていた上杉景勝に対し二人の争いに介入することを禁じ、真田が討たれようとも援軍は送るなと云ったことがあったが、最近では昌幸を利用価値のある男として見るようになり側に置くようになっていた。何より小姓として出仕している次男信繁の聡明さが気に入っている。

「昌幸、そなた上野の名胡桃城が北条に奪われたと一白と盛月に訴え出たというが、それは事実か？」

「はい、相違ございません。北条方の猪俣邦憲の姦計にはまり、不覚にも城を奪われました。城主鈴木重則はそれを恥じ、切腹し果てました」

「真田方から挑発したということはないか」

「そのようなことは万が一にもございません。われらは殿下のお裁きにより名胡桃の地を残すことができたことに感謝しておりました。累代の墓のあるこの地を守り先祖の御霊を弔っていくこと以外に何を望みましょう。したが北条の圧迫もありいつ不測の事態が生じるやもしれぬと案じてはおりました」

「それは如何なることじゃ」

「沼田領引き渡しの際、上使として津田信重（盛月）殿、富田智信（一白）殿が遣わされ、案内役として某の倅信之が同行いたしました。その際、無用な争いが起きぬよう人数を制限して引き渡しを行うという取り決めがありました」

「うむ、それはわしが命じたことじゃ」

「ところが信之が申すには北条方は数千もの軍勢を山中に隠し置いていたとのことです」

「なに、そのようなこと、盛月も一白も申してはいなかったぞ」

「信之が上使の安全を図るため斥候を沼田領に潜伏させていたことによって分かったことで、

間違いはございません」

「北条の違約に盛月と一白は気付かずにいたということか。それは大いなる不手際じゃ。そのようなこと故、北条に侮られ名胡桃を奪われるようなことになったのじゃ。しかしこのことに間違いなかろうな」

「神明に誓って嘘偽りはございません」

「よし、そうであればそなたの城はこの関白が必ず取り戻してやろう。そればかりではない、北条討伐の後には新たな知行も与えよう」

「有り難きお言葉に存じます」

　このとき昌幸は北条方の数をかなり誇張した。北条方で沼田領の引き渡しに立ち合ったのは氏忠だったが、氏政は氏邦に命じて密かに領内に兵を配置させていた。氏邦率いる兵は安中左近ら数百で多く見積もっても千人前後だった。ところが昌幸は数千の軍勢だったと云い、北条氏の規約違反をことさら強調したのだ。昌幸ならこのくらいの誇張は平然とやってのける。昌幸は喜びを隠し秀吉の許を下がっていった。

　上野の地を治めているのは北条氏邦でありその配下にあるのが猪俣邦憲だ。氏邦が邦憲から名胡桃城を手に入れたとの報告を受けたとき、そのことが秀吉の裁定を破る大事となるという認識はなかった。また、氏直が氏邦からその報告を受けたときもそうした意識はほとんどなかった。そればかりか氏直は氏邦を通し猪俣邦憲に手に入れた名胡桃城の防備を強化するよう命じ、補強要員として山上久忠らを派遣していたのだ。

これまでにも氏直は秀吉の『関東惣無事令』に従うことなく上野国由良国繁の桐生城を攻め落とし、下野国長尾顕長を攻め足利城を落してきた。秀吉はこれまでこうした違反行動を咎めてきたが関八州制覇を目前にする氏直はその命に従おうとはしなかった。名胡桃城の一件もこうした軍事行動の一環と考えたと云える。足利幕府樹立に伴い一族の鎌倉公方が治めた関八州だがその後、権力争いによって四分五裂したそれらの国々を再び一つにまとめ秩序を取り戻すという北条五代の悲願達成まで今一歩のところまできている。これが実現されれば北条氏は押しも押されもしない関東の雄として畿内以西を制した秀吉に肩を並べる存在となりうる。家康は秀吉の圧力の前に臣従したが、二百四十五万石の所領を有する北条氏としては秀吉に屈する謂われは無いと氏直も氏政も考えていた。

（2）

秀吉は昌幸から沼田城引き渡しの状況をつぶさに聞くと、そのとき立ち合った富田一白と津田盛月を呼び付けた。

「沼田領の引き渡しにその方たちを遣わせたが、一体何をしておったのじゃ！　北条と真田との境目を定めたにもかかわらず、北条はその境目を越え名胡桃の城を奪ったというではないか。引き渡しの折、北条は一万もの軍勢を後方に隠していたと聞くが、そなたらはそのことを一言も報告しなかった。これは如何なることじゃ。まさかこれに怖じ気づき引き渡しをないがしろにしたというのではあるまいな」

秀吉の声はこの小柄で細い躰の何処から出るのかと思わせるほど大きく響き渡り広間の襖を震わせた。一白は顔面蒼白となりながら必死に弁明した。

「恐れながら北条方が立ち合いの場に軍勢を率いてきたことは存じ上げませんでした」

「たわけ！　そのようなことにも気付かずに役目が果たせると思っているのか！　一万もの軍勢が潜んでいればその姿を見ずともその気配を感じ取るのが兵を率いる将というものじゃ！　そんなこともできぬようでは将たる資格はない」

秀吉の叱責に盛月と一白はただひたすら平伏するばかりだった。秀吉が昌幸から聞いた北条方の伏兵の数は数千だったが、秀吉の口に掛かるとその数は一挙に一万となった。

「いずれにしても天子に代わり政治を預かるわしの裁定を破った北条は、朝廷に背いたことになる。公儀を軽んじる者は断じて罰せねばならぬ。それを許したその方らの責任も免れぬぞ！

これからすぐさま氏直の許に行き名胡桃城を奪った者の身柄を引き渡すよう申し伝えよ」

一白も盛月何も返事すらできず身を強張らせていると再び秀吉の怒声が響いた。

「何をぐずぐずしている、直ちに行け！」

秀吉は二人追い立てるようにして命じた。這う這うの体で秀吉の許を下がった一白と盛月はあたふたと小田原に向かった。


小田原に入った一白と盛月はすぐさま氏直の許に行き名胡桃城を奪った者の引き渡しを要求した。しかし同席した宿老松田憲秀の対応は要領を得るものではなかった。

「関白殿下は名胡桃城を奪ったと云われるがそれは誤解じゃ。この城の城将中山実光の申し入れにより受け取ったまでのこと。疑われるなら中山殿の書付もある。ほれ、この通り」

こう云って憲秀は書付を差し出した。しかし一白と盛月はそれを手にすることはなかった。無論問題はそのようなことではない。

「名胡桃には真田家累代の墓があることから関白殿下が真田領と定められた地。真田殿がその地を奪われたと訴え出たのですぞ。中山という者は一城将に過ぎず城主は鈴木重則であろう。その重則は城を奪われたことを恥て切腹したというではないか」

「それは真田方内輪の話でありましょう。こちらの知るところではござらぬ」

憲秀はあくまで強奪したのではないと主張した。

「して城には今、誰が入っているのか」

「引き渡しを受けた猪俣邦憲が守っています。城を一日でも空けるようなことをすれば越後上杉の侵攻を許すことになります故」

「関白殿下は城を強奪した者の引き渡しを命じられている。その猪俣という者を直ちに出頭させていただきたい」

「それはできぬ、猪俣はあくまで中山殿の申し出により城を受け取ったまで。したがそのことで関白殿下のご不興を買ったのであればこちらとしても不本意じゃ。名胡桃城はすぐにでもお返しいたすこともやぶさかではない。それで何とか事を納めてくださるよう関白殿下にお伝え願いたい」

「そのようなこと我らが請け負えるはずもない。強奪に関与した者の引き渡しは恐れ多くも関白殿下のご命令ですぞ」

一白が厳しい口調で迫った。この役目が果たせなかったら自分の身がどうなるか分からない。一白としても命がけの交渉だ。するとここで初めて氏直が口を開いた。

「先日、石巻康敬を関白殿下の許に遣わし上洛の申し入れを改めてお伝えすることになってい る。今頃は極月上洛のことは殿下にも伝わっているはず。某と父氏政が上洛した折にこれらのことについては申し開きし必ずや誤解を解くことといたそう。それ故、お二方からも何卒、われ等に他意はなかった旨お伝え願いたい」

氏直にこう云われたところで一白は同意できるはずもない。しかし一白も盛月も氏直を説き伏せるほど弁が立つわけではない。かと云って猪俣邦憲の身柄引き渡しがなされなければその場で腹をかっ切ると言い切るほどの気概があるわけでもない。後年二人は大名となるが歴代の臣というものを持たない秀吉はこうした者たちを使っていかなければならないもどかしさが常にあった。


秀吉はすでに長束正家に兵糧米の調達を命じていたが、さらに知行百石につき扶役を定めた。その内容は五畿内は半役、中国・四国は四人役、上杉景勝ら北国は六人半役、逢坂の関より東方尾州は六人役、家康の駿・遠・三・甲・信五ヶ国は七人役というものだ。

氏直の使いとして石巻康敬と玉竜坊乗与が秀吉の許に来たのがちょうど戦の手配をしている最中だった。

「小田原より宿老石巻康敬並びに玉竜坊乗与が参上しお目通りを願い出ていますが如何いたしましょう」

取次ぎ役の石田三成がこう告げると秀吉は不機嫌な顔をして尋ねた。

「このようなときに何しに来たというのじゃ」

「出仕の申し入れと申しております」

「今さら出仕の申し入れもあるまい。例の名胡桃城強奪の詫びを入れに来たのではないのか」

「いえ、そうではなく来春上洛の予定を早め、極月には上洛するとの申し入れのようにございます」

「なに、来春上洛じゃと？　何を寝とぼけたことを、わしは一度たりともそのようなことを許した覚えはないぞ。それを今更極月上洛の申し入れじゃと？　わしの下した裁定を破り真田の城を奪ったというにどこまでこの関白をたばかる気か！　ええい！　勅命に背き天下を乱す者をこれ以上のさばらすわけにはいかぬ、直ちに北条を退治してくれる」

「それでは石巻らは如何いたしましょう」

「そのような雑魚(ざこ)はどうでもよい、これから北条の罪状を明らかにしたうえで成敗に向かう。氏政親子に思い知らせてくれる。使者の処分は北条の出方次第じゃ。それまで身柄を拘束しておれ」

三成にこう命じたあと秀吉は右筆を呼び寄せた。

「よいか、これからわしの申すことをしかと書き留めるのじゃ」

こう云って秀吉は上気した顔で脇息に身を預けるように肘をつき、しばらく目を宙に向けていた。やがて一気に語りだした。秀吉の言葉は滔々と淀みなく、次第に自分の言葉に酔うような表情になっていく。秀吉の口述が終わるとその文書を公家の菊亭晴季と相国寺塔頭鹿音院主・西笑承兌に渡し、正式文書に書き改めさせた。こうして五ヶ条よりなる北条討伐の条書が書きあがった。

こうしているうちに盛月と一白が小田原から戻ってきた。秀吉は名胡桃城強奪に関わった者の身柄引き渡しの役目を果たせなかった二人を再び激しく叱責した。散々叱りつけた後秀吉は書き上がったばかりの書状を家康と氏直の許に届けるよう命じた。二人は息付く間もなく小田原へと戻っていった。さらに氏直の使者石巻康敬と玉竜坊乗与の身柄を徳川領の三枚橋城へ送り成敗するか否かの判断は北条方の返答次第ということとした。

これと同時に秀吉は大谷吉継に一通の手紙を託し家康の許に向かわせた。盛月らが駿府に到着する前に北条討伐について家康の意向を確かめておこうとしたのだ。そこには三年前、家康を上洛させるため秀吉が妹朝日姫を嫁がす際に出した三ヶ条の起請文の一条『東のことを扱うときは双方互いに通じ合い、決して独断しないこと』に基づいた配慮と云える。もしも秀吉が起請文に反し一方的に北条討伐の文書を送りつけてきたなら、家康としては同意するわけにはいかなくなる。そこで秀吉は約束を忘れることなく筋を通したのだ。

盛月と一白より一日早く吉継は家康の居る駿府城に入った。三成に劣らず切れ者との噂の吉継は鼻筋が通り涼やかな目をしている。家康を前にして気負うことなく終始端然とした佇まいを崩さなかった。

「本日は、関白のお言葉をお伝えにまいりました」

家康は一言も発せず頷いた。

「北条氏政・氏直親子は年来朝廷をないがしろにし朝聘（朝見）を修めずにまいりました。さらに関白殿下を欺くこと度々です。氏直殿は駿河大納言の御婿であることから殿下は今まで追討をためらってきましたが、それをよいことに氏政親子はいよいよ不遜の所行が顕著になってきています。『惣無事令』に従い軍を出さずにいる隣国に攻め入るなど目に余るものがあり、つい最近では関白殿下が真田領と裁定を下された名胡桃城の地を強奪いたしました。殿下は最早これ以上見過ごすわけにはいかないとお考えです。これについて大納言のご尊慮を承りたく存じます」

「なに、氏直が名胡桃城を奪ったと？　それはいつのことじゃ」

「十月のことです」

「うーむ」

家康は腕組みしたまま唸った。無論、昌幸の訴えによってそのことは知っている。しかしそのことはおくびにも出さない。吉継の言葉で家康は事態が避けられないところまで来ていることを悟ったという表情になった。そして絞り出すような声でこう云った。

「北条親子は朝令に従わず隣国を攻め取り上洛も果たさずにきた違乱の罪は重い。わしも度々氏直を諫め氏直もまた理解を示してきたが、父氏政はわしの詞を受け入れることはなかった。氏直は父氏政の反対を押し切ってまで己の信念を貫こうとする気概に欠けているようじゃ。もしも氏政が今までの罪を悔いて帰順の志を表すならば、わしは幾重にも殿下に寛仁の御沙汰を願うつもりでいたが、一向に考えを改める様子がない。それればかりかこの度殿下の裁定に違うような愚挙をしでかしたからには不臣の志を決したとみるしかない。わしは氏直の舅とはいえ私縁を以って天下の公法を曲げるようなことをすれば、それこそ天命に逆らうことになる。今は最早、兎角の事を論ずべきときではあるまい。こうなった以上わしは寄せ手として三遠駿甲信五ヶ国の軍勢をもって御先手を勤めよう」

畏まって家康の言葉を聴いていた吉継だったが、北条氏への思いを残しながらも今は秀吉に従うべしと言い切った家康に深々と頭を下げた。秀吉の書状を託された盛月と一白が家康の許に来たのは次の日のことだった。吉継から家康の同意を確認した秀吉はすぐさま書状の写しを上杉、毛利、伊達、真田ら全国の大名に発出した。

(3)

　津田盛月と富田一白は何かと理由をつけて駿府城に留め置かれ、十二月に入り家康が上方に出立する段になってようやく小田原に向かうことができた。盛月と一白が持参してきた秀吉の書状を見れば氏直が取り成しを依頼してくるに違いないと家康は察知しそれを避けたともいえる。今まで何かと仲介役を果たしてきた家康だったが、頑なな態度を変えることのない氏政・氏直親子に既にその時期は過ぎたと見切ったのだ。氏直が秀吉の書状を受け取ったのは十二月五日のことだった。盛月と一白は氏直に書状を渡すと早々に小田原を後にして京へ向かった。ところが駿河に入ったところで秀吉の使いの者に足止めされた。そこで二人は取次ぎ役解任を伝えられそのまま三枚橋城の在番を命じられた。実質上の身柄拘束だ。

　それと時を同じくして駿河と相模の国境の黄瀬(きせ)川の河原で妙音院が磔に処せられた。罪状は北条氏との交渉の不手際により今回の不祥事を引き起こしたというものだった。秀吉の許に使いさせた石巻康敬と玉竜坊乗与が対面が許されず身柄を拘束されたという情報を受けた氏直が詳しい内容を聞くため妙音院に小田原へ下向するよう促し、それを受けた妙音院が小田原に向かう途中、身柄を拘束されそのまま処刑されたのだ。秀吉は妙音院を処刑することによって裁定に反するような行為をした者は決して許さないという強い意志を示した。このことを知った石巻康敬と玉竜坊乗与は拘留されている三枚橋城で震え上がった。盛月と一白も同様に顔色を失った。

秀吉の書状を受け取った氏直の許に父氏政はじめ氏照、氏邦、氏規、氏忠並びに弟氏房が顔を揃えた。書状には五ケ条よりなる宣戦布告ともとれる弾劾状が添えられていた。それを宿老の松田憲秀が改めて読み上げた。氏政は軽く目を閉じ聞き耳を立てている。読み進むうちに氏照の顔は紅潮し眉間に深いしわが寄った。氏邦は拳で右膝ときおり叩いてはうめき声をあげた。氏忠の顔面からは次第に血の気が失せていく。氏房は終始険しい表情が変わることはなかった。読み終えると憲秀は呼吸を整え書状を折りたたみ、氏直の前にある三宝の上に納めた。

氏直に届けられた書状には『今月（十一月）中に氏直親子の上洛がなかったなら討伐する』旨書かれていた。また添付された弾劾状には北条氏が今まで如何に治安を乱し横暴な振る舞いをしてきたかが書かれ、討伐もやむを得ないという内容が長々と綴られていた。その要旨は右のようなものだった。

『一、北条においては近年公儀を蔑ろにして上洛することなく、とりわけ関東において我が意に任せ狼藉の限りを尽くしてきたのは是非に及ばぬ。然るに昨年北条を誅罰しようとしたところ北条と縁者の駿河大納言家康卿が種々懇望してきたので改めて出仕するよう命じたところ御請すると返答してきたので赦免すると、すぐさま後美濃守（氏規）が上洛し御礼を申してきた

二、先年家康と交わした条項について北条はあたかも家康が違約したかのように訴えてきたので美濃守に対面の上、境目等の儀については聞き届け有用に応じ申しつけるので家の郎従を来させせよと命じたところ、板部岡江雪斎を派遣してきた。そこで家康と北条の国境の約条がどのようなものかと尋ねたところ、その内容は甲斐・信濃の城々は家康の手柄次第とし、上野については北条の手柄次第と相定めたとのことだった。甲・信両国は家康が平定したが、上野沼田については北条が平定することができずにいたのを、あたかも家康が違約したかのように訴えてきたことが分かった。とはいえ事を左右に寄せ出仕できぬ理由にしかねないと思い沼田城を含む真田の知行の三分の二を北条方に与えることとし、真田家累代の墓がある名胡桃城を含む三分の一を真田のものとした。これによって北条に与えた三分の二に当たる替え地は家康が真田に与えると決めた。そのうえで北条が出仕するとの一礼を出してきたならすぐにでも上使を

派遣し沼田を相渡すとして江雪斎を返した

三、当年、氏政が出仕するとの御請けの一礼を進上してきた。それ故津田隼人正（盛月信重）・富田左近将監（一白智信）を派遣し、沼田を与えた

四、沼田要害を受け取ったうえは右の一礼に則りすぐさま上洛してくるものと思っていたところ、一向に上京してくる様子もなくそれどころか真田領の名胡桃城を奪ったのである。表裏したからには使者の対面など許すはずもない。本来なら彼の使者を生涯すべきところだが命だけは助けおいている

五、秀吉はこれまでに諸国の叛逆する者はこれを討ち、降伏する者はこれを近づけて、今では配下に属さぬ者はいなくなった。なかんずく秀吉は一言の表裏もしたことはない。それ故天道に叶っているのだろう。予は既に高い地位まで登り君主を助け、すべての政治に関与している。然るに氏直は天道に叛き、帝都に対し奸謀を企てている。このような者がどうして天罰を蒙らないことがあろうか。古い諺に『巧詐は拙誠にしかず』というようにどのような巧みな言葉で人を欺こうとしても拙くも誠実であることには及ぶものではない。所詮は天下の知るところとなる。勅命に叛く者は速やかに誅伐すべきである。来年は御旗を携え氏直の頸を刎ねに軍を動かす。これは最早後戻りは許されないことだ

天正十七年十一月二十四日　（秀吉朱印）

北条左京太夫殿　』

書状には『今月（十一月）中に氏直親子の上洛がなかったなら討伐する』旨書かれているが、その期限はすでに過ぎている。家康が使者を駿府に足止めしていたとはいえ秀吉は明らかに無理な要求してきたと云える。そこにはそれなりの理由があった。というのは本来なら昨年速やかに上洛すべきところ、沼田の領地問題を出してきたので北条氏の面目が立つよう裁定を下したという思いからきている。裁定に基づき沼田領を引き渡した以上、すぐさま上洛するべきところ、お礼の使者すら出すことなく、あろうことか真田領と定めた名胡桃城の地を奪うという暴挙に出た。このことは断じて許されるものではないが、釈明することがあるなら取るものもとりあえずに直ちに上洛してきたならいい分だけは聞いてやろう、という意味合いなのだ。

（4）

氏政は秀吉からの弾劾状が披露されると皮肉な笑みを浮かべた。

「猿面冠者の秀吉が身の分限も知らずこのような戯言を云ってきおったわ。元はといえば尾州の土民の倅であったが織田信長に仕え、取りたてられて西国攻めの大将となったとき、信長が明智に弑（しい）された世の騒ぎに乗じて天下を己がものとした大泥棒じゃ。なにより信長の子孫を守る立場にありながら子の信孝を討ち、老臣柴田勝家に腹を切らせ暴悪をほしいままにしてきた。このようなことは日本の開闢（かいびゃく）このかた未曾有のことじゃ。天照大神・春日大明神鎮護しておわします神国にかかる無道人が永く身を保てるはずもない。このような人非人に関東の地を踏ませるようなことがあっては断じてならぬ。関東に攻め下るときは秀吉自ら滅亡を招くときと思い知らせてくれよう」

こう云って氏政は一同を見回した後、皆の士気を鼓舞するように言葉を継いだ。

「たとえ攻め寄せてこようとも箱根の関を越えられず長陣して兵糧が尽き、兵が疲弊したときを見すまし大軍をもって一戦に及べば掌の中の物を取るよりもたやすく勝ちを得ることができようぞ。かつて平惟盛が頼朝卿を追討せんとはるばる京より来たものの、富士川の河辺りで水鳥の羽音に驚き逃げ帰ったことがあったが、土民の倅はそのような故事も知らぬらしい。今回も同じこととなろう」

氏政の言葉に氏照が大きく頷いた。

「如何にも、そもそも十一月下旬に文を出しておいて月内に上洛するよう云ってきているのは初めから和合する気などないことは明白じゃ。これでは理を説いても受け入れられるはずもない。こちらとしても一歩たりとも譲る気はない。ここ小田原は京から離れること百里余り。関白といえども軽々しく兵を動かすことなどできるはずもない。たとえ大軍で押し寄せてこようとも足柄、箱根という天険が行く手を阻んでいる。関白の軍勢はここから一歩たりとも足を踏み入れることなどできるはずもない。かつて信玄が韮山まで攻め込んだものの天運が我らに味方し風が吹き荒れ大雨が降り武田陣営に水が押し寄せ代々伝わる「八幡大菩薩」の旗まで流された挙句甲府に逃げ帰ったことがあった。信長も恐れた信玄ですら寄せ付けなかった韮山城と山中城で固めた箱根の関じゃ。今でこそ関白と称してはいるが信長の馬前の徒に過ぎなかった秀吉率いる軍勢がなんで踏み越えられようか。長久手の戦いでは徳川軍に翻弄され無様な姿を天下に晒したではないか。関白率いる軍勢はしょせん寄せ集めの烏合の衆。たとえ大軍で押し寄せてこようと攻めあぐみ、そのうち兵糧が尽き大恥かいて引き返していくのは目に見えているわ」

二人の強気の発言で秀吉の怒りを解こうとする意見は抑え込まれた形となった。

「山中城城主は松田康長だが玉縄城から（北条）氏勝を加勢として入れるのがよかろう。与力の朝倉能登、間宮豊前、行方弾正らも加えるがよい」

氏政はこう云ったが、ここで氏規が慎重に口を開いた。

「備えを固めるのは当然のことながらこのまま戦になだれ込むのは如何かと存じます。この文面から察するに関白は我らが名胡桃城を奪ったと思い込んでいるようです。また石巻に対面を許さなかったことで極月には必ずご隠居様が上洛するということも伝わらなかったように見えます。まずは関白の誤解を解き、予定通り上洛する姿勢を示すことが肝要かと存じますが」

「甘い！」

氏照が憤然とした表情で反論した。

「関白は既に宣戦布告したに等しいのだぞ。こんなときにうかと上洛でもすれば関白の脅しに屈したことになる。そうなればお館様とご隠居様の身柄はそのまま京に拘束され領地没収となるのは火を見るよりも明らかじゃ」

「しかしながら誤解を招いているのは明らかです。それを解かぬまま関白が北条討伐の勅許を受けるようなことになればそれこそ我らは朝敵の汚名を着せられることになります。ここは何としてでも関白の誤解を解くことが肝要かと存じます」

「関白は難癖つけてわれらに戦を仕掛けてきているのじゃ。ここで我らがいくら正論を言おうと聞く耳を持つはずもない。弱腰でいればさらに付け上がってくるとは思わぬのか」

氏照は秀吉に対する怒りを氏規にぶつけるかのように睨みつけた。

「弱腰で云っているのではありません。理を通すべきと云っているのです。戦するのはそのあとでも遅くはありますまい」

二人の言い争いを聞いていた氏直だったが上洛することについてはやぶさかではなかった。舅の家康からも再三にわたり上洛を果たすよう催促されていた。しかしそのとき頭を過ったのは父氏政のことだ。

(父上はあくまで上洛を拒んでおられる。共に上洛することを切り出したところで同意するはずもない)

こう思うと二の足を踏まざるを得なかった。

氏規と氏照が激しく言い合う中に氏政が割って入った。

「双方の云うことは分かった。それではこうしたらどうじゃ。まずはお館様から秀吉に対して誤解を解くための書状を書いていただく。また徳川殿にも同様の書状を出して取り成しを依頼する。その一方で領内くまなく触れを出し備えを厳しくするよう命じておく。これでどうじゃ。尤もわしは上洛する気はとうに失せたが……」

氏政の言葉に一同は頷いた。氏政は続けて云った。

「確かに秀吉は我らが名胡桃城を奪ったと思い込んでいるようじゃ。まずはこの誤解を解かねばなるまい。また徳川殿にもこのことを伝え秀吉へのとりなしを図ってもらうこととしよう」

「承知いたしました。その間、山中城の備えは無論のこと、上杉景勝の南下に備えるため沼田城はじめ松井田、箕輪、厩橋といった城の備えも一段と厳しくしておきましょう」

氏政の言葉を受け氏照がこう締めくくった。

評定を終え自室に戻った氏直は秀吉に文を送るに当たってこう考えた。

（関白は氏規の云うように名胡桃城は北条方によって強奪されたと思い込んでいるようだ。しかし真田方から城明け渡しの申し入れがあったので受け取ったまでのことと氏邦からは報告を受けている。迂闊に謝罪でもすれば関白の威に屈したと受け取られかねない。だが誤解があるのならそれを解くことも必要なことだ）

こう考えて書き上げた文は次のようなものだった。

『先の妙音院・一鴎軒の下向の折に氏政と某の上洛について準備が整わないことから、来春の出立といたしたい旨申し入れたところ当初、聞き入れられなかったものの是非にと申し入れたところ年内出立、年明け到着でよいとの返答を受けたところです。ところが近頃北条討伐の動きがあるとの噂が立っていることから、あらぬ噂を打ち消すため改めて極月には出仕する旨お伝えしようと石巻康敬を遣わした次第。従って決して上洛の約束を違えようとしていたわけではありません。

また、以前、徳川殿が上洛した際は、朝日姫と婚姻を結んだうえ大政所まで三河に下向なさいました。一方わが方にはそうした配慮がなされないことから、上洛すればそのまま身柄を拘束され国替えを命じられるのではないかとの声が家中から上がりなかなか出国できずにいたのです。こうした疑念が取り除かれていたなら直ちに上洛していたことでしょう。

なお名胡桃城のことですが、これについては真田方から明け渡しの申し入れがあったことから受け取ったまでのことであり、決して奪い取ったわけではありません。ついては名胡桃城城将中山実光の書状を添えることといたします。申し入れのあった城については空き城にしておけば上杉方の侵入を許すことになるので猪俣能登守を入れたまでのことで裁定に違背するつもりのものではございません。

関白殿下は我が方が不当に真田領に侵入したかのように云われますが、そのような讒言を信じてはなりません。真田こそ定められた割譲を行わず吾妻領においては、百姓を残らず追い払ったうえ、中条の地も未だに渡そうとはいたしておりません。しかしこのような小事は訴え出るまでもないと今まで捨て置いたのです。とはいえ名胡桃城のことについて双方の言い分を聞いたうえで裁定を下されるのであれば、どのような仰せにも従うつもりでおります

天正十七年十二月七日

関白太政大臣　豊臣秀吉殿

恐々謹言

北条左京太夫　氏直』

氏直はただちに文を津田盛月と富田一白の許に送り、同様の文を浜松の家康宛とし仲裁の斡旋を依頼した。しかしその時既に盛月と一白の二人は取次ぎ役を解任され三枚橋城に身柄を拘束されていたことから書状はそのまま秀吉の許へ届けられることとなった。もう一通は松田憲秀によって駿府に届けられたが家康は秀吉の許に向かった後だった。

秀吉が氏直の文を見て果たして何を思ったか。秀吉という男は相手が手強いと見ればどんな譲歩でもすることをいとわない。それは主人だった信長から学んだことだ。信長は武田信玄の勢いの盛んなときは貢物を欠かさず献上し機嫌を損なわないよう卑屈ともいえるほどの心配りをした。また浅井・朝倉との抗争で一時形勢不利となったときは正親町（おおぎまち）天皇に講和調停を嘆願し朝倉義景に頭を下げ、今後二度と天下を望むようなことはしないことを誓い危機を脱した。さらに上杉謙信が信長討伐を公言していよいよ上洛するという段になると使者を出し「安土にご出馬なさるなら、信長は髪を剃り無刀でお迎えして一礼を申し、三十三ヶ国を進上いたします」と臆面もなく云ってのけている。絶対君主として秀吉はじめ家臣を従えた信長だったが、危機を避けることに逡巡することなくまた体面を気にすることもなかった。信長ほど『戦は是非を決するものではなく、勝者が是となり敗者が非となるもの』と達観していた者はいなかった。

信長に仕えてきた秀吉は小さな意地を張ることが時には命取りとなることを知り尽くしている。足軽の子であった故にどんな屈辱でも甘んじて受けてきた秀吉には、意地を通そうとする者は概して名門の出であることを誇示する鼻持ちならぬ者として映り、何ら同情を示すことはない。秀吉から見れば北条氏にあるのは意地と保身のみに映っていた。

氏直は家康に秀吉との和睦の斡旋を依頼する一方で、国衆に命じ防戦態勢を敷かせた。もしも家康が氏直の依頼を受け和睦の斡旋に動いていたならそうした態勢をとることが家康の面目を失わせることになるということまでは気が回わらずにいた。

（5）

年が明けた天正十八年（一五九〇）一月六日、氏直は武蔵、上野の国人衆に十五日までに小田原に着陣するよう触れを出し、各武将が集まったところでこの年初の評定を開いた。最早豊臣方との戦いは避けられないものとなっていた。大広間には秀吉の許に使いした板部岡江雪斎はじめ宿老の垪和（はが）綱可（つなよし）、福島道悴（どうすい）、松田廉郷、山角政長、安藤正季、伊勢定運、大和晴親、小笠原長範らが集った。この日家老の松田憲秀は病気と称し欠席していた。これまでに病に伏すような憲秀ではなかったので誰もがいぶかしく思った。後々の憲秀の言動から察すると、この日の評定の結果を見極めておこうと考えていたとも考えられる。

評定の場で氏政と氏直が極月には上洛すると云っていたにもかかわらず秀吉が西国の諸大名に出陣を命じる回文を出したことが明らかにされ、氏直の許に届いた秀吉の弾劾文が江雪斎によって読み上げられた。このとき秀吉の出陣の情報は既に誰もが知るところではあったが改めて秀吉の文が読み進まれていくに従い広間にざわめきが広がり、読み終える頃には誰の顔にも戸惑いと怒りの色が浮かんでいた。

「一昨年は美濃守（氏規）が上洛され、昨年末にはお館様とご隠居様が上洛なさることで和睦が成り立つはずだったが」

「関白は策謀が多いと聞いていたが、やはり信用のおけぬお方じゃ」

「城普請が終わってないところが多々あるというのに今攻め込まれたら成すすべが無いぞ」

「関白の率いる兵は十五万とも二十万ともいうが、それはまことなのか」

「恐るるに足らず。たとえ大軍で押し寄せてきたところで京からここ小田原までは百里もある。なんといっても兵糧がもつまい」

評定はそれぞれ思い思いのことを口にし、まとまりそうもなかった。そこで氏直はこの日は秀吉の文を披露するに止め、日を改めて協議することとしそれまでに銘々が策を練って出直すこととした。

氏直としては戦を回避したいという気持ちはあるが徹底抗戦を主張する父氏政や叔父氏照、氏邦を前にすると主張を押し通すことは憚れる。そのようなことをすれば評定が紛糾し収拾がつかなくなることを恐れたのだ。


三日後改めて開かれた評定では上方勢を迎え撃つ策として野戦策と籠城策との二つに意見が分かれた。この日は松田憲秀が評定に加わった。野戦策を強く推したのは氏照と氏邦だった。

「ひとつの策としてご隠居様がこの小田原城に残り、お館様が五万の兵を率いて徳川領にある松平康重の沼津の三枚橋城に入り、そこを拠点として某と兄上（氏照）が富士川のほとりで豊臣方を迎え撃つというのがある。そこなら領国の手前で敵を立ち往生させることができる」

氏邦の策を聞いて一同は驚きの声を挙げた。徳川領の沼津を拠点とするということは、家康との間に密約が交わされているのではないかという期待を抱いたのだ。これは氏直も聞かされてはいなかったことだ。

「沼津に入るということは徳川殿と密約を交わされているのですか」

山角政長が期待を込めるような顔で尋ねた。

「いや、沼津は武田討伐の折に一度はわが方が攻め取った地だ。それを信長公から家康殿が駿河一国を拝領したことで今では徳川領となっているが、それを取り戻し此度の戦いの拠点としようというのじゃ」

これを聞いた評定衆の間に思わずため息が漏れた。氏邦の策に疑問を呈したのが氏規だった。

「富士川まで出張るのは如何かと思います。三枚橋城を拠点とすれば確かに事を有利に運ぶことができましょうが、それでは徳川領を侵すこととなり家康殿を完全に敵に回してしまうことになります」

氏規は同盟を結ぶ徳川領に侵攻することに異を唱えた。かつてはこのようなこと自体評議において議論されるようなことはなかった。信長が本能寺の変で横死したとき同盟を結んでいた織田方の上野の地に攻め入ったことで、それまで営々として築き上げてきた北条氏の理念が一気に揺らぎだしたのだ。北条家には代々『義を違えてはたとえ一国、二国と切り取りたるといえども、後代の恥辱』という戒めがあるが、上野侵攻によってその家訓にほころびが生じていたのだ。それまでにも義に反するか否かの判断が問われるような事案が無くはなかったが、少なくとも大義が立つような筋書きを描いてから事を運んでいた。小田原北条始祖早雲が管領山内上杉家を倒そうと決意したとき「上杉家は家中の作法を一代に五条、十条と失ってきた。このままでいけば三代も続けばすべてを失うだろう」こう予見していたが、奇しくもそれが今の北条氏に当てはまりつつあったのだ。氏規の疑問に正面から答えることなく氏邦はもう一つの策を持ち出した。

「今一つの策はお館様が三島まで兵を率い国境の黄瀬川で上方勢を迎え撃つという戦法じゃ。わが方は周辺の地理を熟知しており一方の上方勢は地理不案内の上、遠征による疲労が重なり欠け落ちする者も現れ長くは持ちこたえることはできないだろう。わが方の優勢が続けば親戚の家康殿が関白に講和を勧めることも考えられる」

すると宿老松田憲秀がおもむろに口を開いた。

「お館様が三島まで出張り黄瀬川で上方勢を迎え撃つというのは他に策がないのであればやむを得ぬことと云えましょうが、山中城と三島韮山城を最前線の砦とするという確かな策があります。これまでこの日に備えて諸城の普請をしてきました。されば各砦で敵を防ぎ、怯んだところを打って出るための籠城策をとるべきかと」

憲秀は家康が秀吉側に付いた以上、野戦に持ち込むのは分が悪いと計算していた。かといって籠城する意味もすでに薄れていると考えている。相模の隣国駿河は徳川領であることから秀吉は駿府までの糧道を確保したことになる。いかに小田原城が難攻不落の堅城であろうと、包囲する相手側の兵糧の補給路が確保されれば撤退は期待できない。上方勢を防ぐのは箱根の山中城と伊豆韮山城だが万が一そこを突破されればそれこそ堤が切れたも同然で領内の支城は海に浮かぶ孤島と化す。その上支城を守る者たちの大半は駆り出された農民たちで武器はそれぞれが用意した刀や槍、それに狩りに用いる鉄砲などまちまちで正規の軍隊とは程遠い。旗印も遠目から見て如何にも大軍がいるかのように見せるため用意したものなのだ。上方軍がそうした支城の守りを見て警戒し、攻めるのを躊躇しているうちはまだしも、一旦攻め込まれたらたちまちのうちにそれらが張子の虎であったことが暴かれ、一気に相手を勢いづけることになる。支城の連携が断たれれば北条方の一番の強みが崩壊し小田原城は孤立することとなる。小田原城籠城は作戦のようでいて作戦未満なのだ。そのことを誰よりも知る憲秀は氏直親子の意見を取り入れる形で一旦籠城策を採り、緒戦で有利に立った時を逃さず和睦を切り出すことに活路を見出そうとしていた。

(6)

その日の評定で氏直は野戦策ではなく籠城策を採ることにしたがそこには氏政の意向が多分に反映されていたと云える。氏政は当初から籠城策を推していた。評定後、氏直と氏政は玉縄城城主北条氏勝とその属将間宮康俊、朝倉重信を別室に招き入れた。

「山中城は松田康長（松田憲秀の従兄弟）が守っているがここは西表の押さえの要であり、伊豆韮山城と共に最大の要害であることからそれまで以上に堀を深くし、新たに城壁を築き守りを固めてきた。上方勢を防ぐにはこれ以上の地はない。しかしながら康長の兵力では防ぎきることはできまい。是非とも加勢が必要じゃ。その加勢にそなたらに加わってほしい。ここの守りを固めれば秀吉が如何に大軍で押し寄せてこようとその先には進めぬ。そなたらの今までの忠節は並々ならぬものである。そこを見込んで是非ともこの役目を引き受けてもらいたい」

氏勝は祖父綱成や父氏繁がそうだったように自分も最前線に立つ覚悟でいたのか氏直に向かって深々と頭を下げて云った。

「承知しました。身命を賭して守り抜きます」

優に六尺はあろうかという上背に鋼のような強靭さを秘めた体躯はいかにも武骨に見えるが悠揚迫らざる様で端然と坐っている佇まいは戦国武将とは思えない優雅さを感じさせる。氏勝はその後こう付け加えた。

「つきましてはどうか一万の矢をご用意願います」

「一万の矢？」

氏直はその数に少し驚いたがすぐさま応じた。

「承知した。すぐさま用意いたそう。してこれらの矢を如何に使おうというのか」

「籠城策と決まったことで上方勢は国境の黄瀬川を難なく渡河して山中城に向かうこととなりましょう。したがそこから山中城へ通じるのは獣道（けものみち）のような山腹に沿った幅の狭い道しかないことから大挙して通ることはできず谷間に沿って進まざるを得ません。山中城は手前に岱崎（たいさき）出丸があり二の丸、三の丸で守りを固め本丸には容易に攻め込めない造りとなっています。我が方が一歩も引かぬ覚悟で応戦し、初戦を凌げば上方勢は無理押しせずその日の夜は城近くの谷あいの平地に野営することになりましょう。その際城から距離を置くことが定石ですが、後方には数にして数万の軍が続いていることでしょうから大きく後退することはできません。それまで戦うことなく進軍してきたことで後続部隊に多少なりとも慢心が生じ、混乱が生じやすい後退は最小限に止めるはずです。

敵方が寝静まった深夜、そこに向け火矢を放つのです。このとき兵を狙う必要はありません。上方勢が身を隠す木々に向け放てばよいのです。さすれば周りはたちまちのうちに火の海となり、狭い谷あいで逃げ場を失い大混乱に陥るでしょう。上方勢が反撃しようと矢を射かけたところで城まで届くはずもありません」

「なるほど」

氏勝の策に氏直は唸った。

「夜が明け反撃に転じようとも周りの木々は焼き払われ身を隠すもののない谷底に軍を止めれ

ば恰好の狙い撃ちの的となります。兵糧を運ぶにも狭い谷あいでは限りあることから上方勢は撤退せざるを得なくなります。そこを見計らって追い打ちを掛ければ敵方は一気に崩れることでしょう」

氏勝の策を聴いていた氏直は膝を叩いて喜んだ。

「それは妙案じゃ、夜襲は我ら北条の得意とするところ。かつては河越の夜戦で十倍もの上杉憲政軍を打ち破ったこともある。十分引きつけたところで周りを火の海にして敵を討つ、この策には呉の陸遜でさえ舌を巻くことであろう。氏勝の合図があれば小田原から直ぐにでも援軍を繰り出そう。そのときは鉢形城や八王子城からも援軍を出し一気に敵方に追い打ちを掛けよう」

必ずしも秀吉率いる上方勢を打ち破る必要はない。撤退させるだけで十分な北条方の勝利と云える。氏直が上機嫌でこう云ったあと手元に用意してあった兼氏の太刀一腰を氏勝に、国吉の短刀を康俊にそして秋廣の短刀を重信にそれぞれ与えた。

「お館様の御意に沿えるよう忠節を尽くします」

康俊は氏直から短刀を押し頂いた。笹下城主間宮康俊は氏勝の祖父綱成、父氏繁の代から与力として仕え『相模十四騎筆頭』と称される猛将だが齢はすでに七十三に達している。朝倉重信も同様に綱成の代からの与力で『玉縄十八人衆』の一人に数えられこれまでに数多くの合戦に加わり類稀な戦巧者であることから『戦奉行』の異名をとるが、戦働きから引退する歳といわれる五十をはるかに超え六十七歳に達して頭髪に黒いものはすでに残っていない。

氏直親子の許を退いた重信の所に重臣たちが集まってきた。重信はその模様を隠すことなく話した。

「お館様は氏勝様に山中城に入り上方軍を防ぐよう仰せになった。われらも氏勝様に同行できることは大変名誉なことだ。わしは氏勝様と運命を共にするつもりじゃ。その方たちと再び相まみえることはないかもしれぬ」

重信の言葉に一同、深いため息をついた。彼らは必ずしも豊臣方と交戦することをよしと考えている者ばかりではない。中には公然と戦を回避することを唱える者もいた。しかし戦は避けられないとなった以上、全力で敵に立ち向かうしかない。重信もまた氏直の命に一言の異論も挟まなかった。それは既に秀吉との和睦の道が絶たれ後戻りできないところまで来ていることを肌身で感じていたからだ。此度の戦が氏直自らの決断によるものであれば身を挺して諫言することもあっただろうが、その背後に大御所氏政の意向が働いていることは明らかなので口を閉ざす結果となった。氏直を説得したところで氏政が反対すればそこですべて覆されるのは目に見えていたからだ。こうしたことは今に始まったことではない。氏直が家督を継いだときからのもので、以来変わることなく今日まで続いてきた。

重信が重臣たちの許を離れ表玄関に向かうところを間宮康俊が呼び止めた。康俊は重信を控えの間に引き入れ人がいないことを確かめた後、声を潜めて云った。

「朝倉殿、わしは勝敗がどちらに転ぼうともこの戦で城を枕に討死する覚悟じゃ。戦うことしか知らぬわしにお館様はまたとない死に場所を与えてくださった」

「それはわしも同じじゃ、この目の黒いうちは一歩たりとも上方軍にお館様へ近づくようなことは断じてさせない。見事死花を咲かせて見せようぞ」

「早まるな、討死するのはわしだけでよい」

「何を申される、このわしが命を惜しむような男だと思っておられるのか」

「だから早まるなと申しておる、討死するのはそなたの勝手だが、それでは氏勝様をどうするつもりじゃ」

康俊にそう云われて重信は言葉に詰まった。

「よいか、氏勝様を失うようなことになればこの先北条家は成り立たぬぞ。綱成様、幻庵様(北条早雲末子)亡きあとご隠居様に諫言できる者は最早、誰一人としていない。この上、氏勝様を失ったなら北条家はどうなる。どんなことがあっても氏勝様だけは死なせてはならぬ」

「しかし山中城の守りを命じられたからには氏勝様は命を賭けておられるはずじゃ」

「そういうお方じゃ、氏勝様は。それ故そなたに頼みたいのじゃ」

「何じゃ、頼みとは」

康俊は部屋の外に人気のないことを改めて確認し重信の耳元で囁いた。

その目は異様なまでの光を放っていた。


これまでに秀吉は幾度となく関東征伐を口にしてきたが氏政・氏直親子は京から百里も離れた小田原まで大軍を率いて攻め込んでくるはずもないと高をくくってきた。ところがそれが今、現実のものとして迫ってきている。それでもなお北条方の多くは箱根の山は天然の要害で山中城と韮山城がある限り豊臣方の軍勢は越えることはできないと考えた。確かに箱根の山はこの国において二つとない堅固な天然の要害と云えるが、それならなおのことそこが突破されたら後がないことになる。それ故主力部隊を投じ全力で防衛に力を注ぐべきところだが、氏直は老兵を中心とした補強部隊を送り込むだけで後続部隊を備えることなく主力を小田原城に留めた。領内の主だった城主を小田原城内に呼び寄せたことで支城は城代に守らせるという態勢となっている。敵が箱根を越えることは万が一にもないという願望にも近い思い込みが防備に対する思考を停止させているのだ。氏勝の策がいかに優れたものであろうと何が起きるか分からないのが戦というものだ。上方勢を火攻めにして大きな打撃を加えたところで小田原から援軍を繰り出すことになっているが、秀吉の許には家康が加わっていることから全く予断は許されない状況にあるのだ。

　その小田原では野戦を一貫して主張してきた氏邦が氏政の反対を押し切って北陸道から南下してくるであろう北国勢の上杉軍に備えるためと云って鉢形城に入った。氏照も一度は八王子城に入ったが小田原城の総奉行でもあることから氏政の再三の説得もあり已む無く小田原城に戻ってきた。また館林城に出向いていた氏規を氏直は呼び戻し伊豆韮山城の守備を命じた。氏直は氏政同様主力は小田原城に籠城したまま箱根で上方勢を防ぎ、豊臣軍が疲弊するのを待つという策に固執した。

四　小田原攻め

(1)

東海道筋の先鋒を担う家康は駿遠三甲信五ヶ国二万五千の軍勢を率い駿府より出陣した。天正十八年（一五九〇）二月七日のことだ。同日織田信雄が一万五千を率い小田原に向かった。十六日には上杉景勝八千、前田利家・利長親子一万八千、信濃伊那の毛利秀頼、小笠原信嶺、真田昌幸らの軍勢が北陸道筋から西上野に向け発進した。また海上からは九鬼喜隆、加藤嘉明、脇坂安治らが船団を率い駿河、伊豆へと向かった。上杉・前田勢が発出した当日突如として上総、安房を大地震が襲った。それは五年前近畿各地で大規模な崖崩れが生じ大垣城が全焼した近畿大地震にも匹敵するほどのもので、十数丈もの高さの大津波が海岸沿いの村々を一気に飲み込むという大惨事を引き起こした。北条氏と同盟を結ぶ安房里見船団はこれにより大打撃を受けた。それはあたかも北条氏の行方を暗示するかのような自然の脅威だった。

二月末秀吉は参内し後陽成帝から節刀を賜り三月一日には三万二千の軍勢を率い京都を出発した。そのときの秀吉のいでたちは大きな造り髭を付け唐冠の兜を被り金の緋縅（ひおどし）の鎧に太刀二振りを差し、朱塗りの弓を左手に握り、金の馬鎧を付け真紅の分厚い総懸けを乗せた駿馬に跨るという仰々しいものだった。それはこれから戦場に向かうというより祭りでも始めるかのような出で立ちだった。沿道で見送る京童は呆気にとられ軍列を見送った。帝自らお見送りされたこの日は秀吉にとってはまさに晴れ舞台とも云えた。このことはとりもなおさず北条氏が朝敵であることを天下に知らしめることでもあった。

三月十五日には上杉景勝、前田利家率いる北国勢三万五千が碓氷（うすい）峠を越え上州に侵攻した。それを迎え撃つ松井田城の大道寺政繁勢二千は激しく抵抗するも圧倒的数の前にあえなく降伏した。松井田城と安中城を落とした景勝は大道寺政繁の助命と引き換えに案内役を担わせた。政繁は北条氏において『御由緒家』と呼ばれる家柄で氏康、氏政、氏直と三代に仕え家臣団の中核をなしてきた武将だったことから自害するか逃げ延び再起を期すものと思われていた。ところが予想に反して敵方に降ったのだ。上野、武蔵の地理を熟知する政繁が案内役として加わったということは北国勢にとって数万の軍勢を得たに等しい。またとない先導役を得た北国勢は大道寺の『金の九つ提灯』の馬印を押し立てて上野の諸城を次々と落としていった。北条方は表口である箱根で上方勢を迎え撃つ前に搦め手の北陸道を早々に破られてしまったのだ。

家康の軍勢は由比・倉沢を過ぎ十日には黄瀬川手前の長窪に着陣した。北条方は伊豆の戸倉城、長窪に接する泉頭（いずみかしら）城、獅子浜城とそれぞれ守りを固めていたが、家康の軍が進軍してくると聞くと泉頭城と獅子浜城の守将は一戦もすることなく城に火をかけ小田原へ逃げ帰ってしまっていた。それというのも先の戦評定で氏邦の迎撃策が松田憲秀の籠城策に抑え込まれたことで援軍は期待できないと分かっていたからだ。

十九日、秀吉は家康の居城駿府城に入り長窪の陣から駆け付けた家康の饗応を受けた。その後秀吉の一行は清見寺を過ぎ富士川へと歩を進めた。富士川は沼津へ行く最後の難所だ。ところが河原まで来た秀吉は目をみはった。目の前には何十艘もの舟が流れに向かって繋げられた舟橋が架けられていたのだ。これは家康が秀吉のために架けさせたものだ。かつて信長が武田討伐を終え、富士を見物しながら京へ凱旋した折、家康は激流で名高い天竜川に数千の人夫を動員し舟が流れぬよう大綱を両岸に渡し舟を繋ぎ並べその上に板を敷いた舟橋を架けたことがあった。この日の舟橋はそれに劣らぬ家康の心づくしだった。

「なんとこれは、見事な舟橋じゃ」

こう云って喜ぶ秀吉に石田三成が耳打ちした。

「殿下、油断はなりません。舟橋にどんな仕掛けがあるやもしれません」

これが三成の長所でもあり短所でもある。秀吉を思うばかりに他の者に対してはことのほか猜疑心が強い。それを聞いた浅野長政は呆れ顔になった。三成は秀吉が駿府城に入ろうとしたときも「徳川方に如何なる秘計があるやもしれません」と云って秀吉の警戒心を煽り入城をためらわせていたからだ。

「徳川殿においてよもや策謀があるとは思えません。折角の配慮を無駄にすべきではありません。ご案じなら某が先に渡って御覧に入れましょう」

こう云うや長政は自ら舟橋を渡って見せ問題のないことを身をもって示した。三成は元々下級武士の次男坊で秀吉に仕えて後、才覚と気配りで今の地位を築いたということもあり、誰であろうと自分以上の気配りや働きをすることを快く思わない節がある。主人の秀吉に対して家康が領内で饗応することや、前代未聞の舟橋を架けて渡河させようと心配りすることを快く思わないばかりか、その家康に警戒心を抱かない浅野長政らに苦々しい思いすら抱いていた。

富士川を渡河した秀吉は吉原を通過し二十七日には浮島が原（田子の浦）に到着しそこで諸大名の出迎えを受けた。その際、秀吉は召し連れる近侍の者は五、六人に抑えそれぞれ華やかに着飾って出迎えるよう前もって伝えていたので諸大名はそれぞれ思い思いに傾奇（かぶ）いた衣装を身に着けていた。派手好みとはいえない家康は供の曲淵庄左エ門が三尺余りの朱鞘の太刀に大鍔を付けて腰に差しているのを見て自分の佩刀と差し替え秀吉を出迎えた。馬上の秀吉のいでたちは京を出立した時のように派手派手しい衣装に造り髭を付けるというものだった。

秀吉は家康が腰に帯びている佩刀に目をやり、

「近頃、良いご趣味ですな」

こう云って満足げに笑い、

「いざ、ともに参ろう」

こう云って下馬すると家康と連れ立って諸将の出迎えに慰労の言葉を掛けながら数町ばかり歩いた。頃合いを見て家康が云った。

「殿下はもう馬にお乗りください」

「それでは軍中に礼なしというのでお許し願おうか」

秀吉は再び金飾りをつけた馬に乗った。こうして諸大名の出迎えを受けた秀吉は沼津三枚橋城に向かった。


三枚橋城に入ると秀吉は早速黄瀬川の川べりを巡視した。そのときさすがに京勢の間に緊張が走った。北条勢がいつなんどき襲い掛かってくるかしれないからだ。黄瀬川は氏照と氏邦が京勢を迎え撃つには絶好の場として強く主張したが秀吉もまたここが北条勢の前線基地になるはずだと読んでいた。ところが予想に反して北条方からの攻撃は一向にない。それでも秀吉は警戒心を緩めることはなかった。先の小牧・長久手の戦いでは徳川軍の神出鬼没の戦いぶりに翻弄され苦汁を飲まされたことが脳裏に鮮明に残っている。北条方には織田家重臣滝川一益を上野から駆逐した氏照、氏邦といった猛将がいるので油断はできない。ただし今回は小牧・長久手の戦のときと大きく異なる点が二つある。その一つは黒田官兵衛の存在だ。先の徳川との戦いの折には官兵衛は毛利方の領土の縄張り交渉に行っていたため戦には加わっていなかった。このため秀吉は家康の機動力に翻弄される結果となった。ところが今回は官兵衛を帯同し相談相手としている。さらに何といってもそのとき敵対していた家康が味方に付いている。

秀吉は慎重に黄瀬川周辺を巡視したが北条方の気配は全く無い。そのことを不審に思った秀吉は官兵衛に尋ねた。

「これをどう見る？」

「北条が未だ姿を見せないのはいかさま深い計略あってのことに違いありません。我らの油断を誘って必ず不意打ちを掛けてくるはず」

官兵衛の言葉に細川忠興、蒲生氏郷らも大きく頷いた。そのとき対岸から一筋の狼煙が上がった。それは北条軍がいないことを知らせる合図だった。それを見た官兵衛は意外という顔をしたが迷わず渡河を進言した。一瞬の逡巡が時には命取りとなるからだ。すぐさま秀吉軍は黄瀬川を渡り始めた。北条軍が現れる前に河を渡り切ろうとしたのだ。ところがその間、北条方からの攻撃は一切なかった。

対岸に着いた秀吉は休む間もなく甥の秀次、織田信雄、細川忠興、蒲生氏郷、浅野長政らと共に軍議を開いた。無事黄瀬川を渡河したとはいえ官兵衛はあくまで慎重だった。

「この先には天然の要害箱根の峠があります。ここを越えるには相当な激戦となることは避けられますまい。小田原城を拠点とする北条方はそこに援軍を送ってくるはず」

官兵衛の言葉を受けて氏郷が続けた。

「箱根には北面の山中城と南面の韮山城と二つの関がありますがそこに至るまでにはいずれも起伏に富んだ細い山道が続きます。途中には谷底のような道を通らねばならず、そのような所で山頂から攻撃を仕掛けられたなら防ぎようがありません。如何に大軍で押し寄せようと谷あいにおいては数の利が生かせないということを肝に銘じておかねばなりますまい。よってここは物見を出し相手の動向を探りながら慎重に軍を進めていくべきでしょう」

「いずれにしても箱根の関を落とすのは一筋縄ではいかぬであろう」

忠興が氏郷に同調した。このやり取りを聞いていた官兵衛が再び口を開いた。

「ここからは長期戦を覚悟しておかねばなりますまい。迂闊に攻め急いで北条の奇襲を受け敗走するようなことになれば相手を勢いづけることになり、今後の戦況に悪い影響を与えることにもなりかねません」

　官兵衛たちの意見を頷きながら聞いていた秀吉が渋い顔になった。

「長陣は避けられないということか。しかし小田原城に行くまでに余り時間をかけるのも面白くない。グズグズしていると北陸道から東山道に入っている利家、景勝の軍との合流が遅れることになる」

　秀吉としては一気に軍勢を集結して小田原城に籠る氏政たちの戦意を挫くつもりでいるのだ。

「大納言（家康）はどう考えているのだろうか。大納言は当代比類なき軍略家と誰もが認めるところ。唯一この関白と五分の戦いができる者じゃ。彼なら衆人を越えた計略を持っているに違いない。大納言に改めて策を問うこととといたそう」

　秀吉はこう云ったが忠興は氏郷に向かって囁いた。

「徳川殿は確かに古今稀なる知略の武将であることには違いないが、こと天下の要塞である箱根の関の攻略に限っては我らを超える思案があるとは思えぬが」

「箱根の関を攻めるには山筋に沿って行かざるを得ぬ。そこを狙い撃ちされればひとたまりもない。拙速は禁物じゃ。ここは黒田殿が申されるように相手の様子を探りながら軍を進めていくに限る」

氏郷もまた自分自身に言い聞かすように云った。

（2）

暫くして評議の場に家康が現れた。秀吉は待ちかねていたように家康を帷幄（いあく）の内に招き入れると早速、問うた。

「東山道は前田・上杉・真田の軍勢三万五千が碓氷峠を越え既に上州へ入っている。我が軍もいよいよ箱根越えだが大納言はかねてより『海道一の弓取り』と異名をとる名将。これまでの武功をみてもその軍慮に肩を並べる者はいない。小田原を攻めるにはまずこの要害を越えねばならぬ。その策を指南願いたい」

秀吉は最大級に家康を褒めあげたうえで「指南願いたい」と云った。これは如何にもへりくだった物言いと云えるが相談して策を練り上げるということとは微妙に異なる。どちらかというと官兵衛などに諮問するのに近い。それが良い策であれば採用し、凡庸なものもしくはこれまでに評議した策を超えるものでなければ捨て去るといった思惑が含まれている。秀吉が家康と二人きりで話すときはこの上ない信頼を寄せているかのような態度で接するが、傍に家臣がいる場合には主従の関係であることを微妙に匂わす態度をとるのだ。

諸将が固唾を飲んで見守る中、家康は草むらから出てきたヒキガエルのような様で秀吉に視線を向けるとおもむろに口を開いた。

「北条は早雲以来、弓矢の働きによって今日の地位を築いた武勇に優れた一族です。早雲が今川の被官であった頃から駿河と伊豆の国境の黄瀬川は戦略上重要な地となっていました。ところが関白殿下が黄瀬川をお渡りになるとき一人の兵も繰り出してくることはありませんでした。多少なりとも軍略を知る者ならば黄瀬川の対岸に伏兵を置き渡河する機を逃さず打って出たはずです。また、ここ三島は北条領伊豆国の入口に当たることから、我らの集結を許すようなことになれば如何に箱根の関が天然の要害とはいえ持ちこたえることが困難となります。にも拘らず今まで打って出ないということは、北条方の主力は小田原城に籠城したまま箱根の関を越えて迎え打って出るようなことはないと云えましょう。この態ならばこれより全軍を三手に分けて一手は箱根道の山中城、いま一手は熱海道の韮山城に当てます。この両城を攻められてはさすがに小田原城に籠城する北条方も後詰めしないということはありますまい。かつては河越城を八万の軍勢で包囲した上杉憲政軍を北条氏康が僅か八千の兵で奇計をもって打ち破った例もあります。氏康の子氏政であればその戦いぶりを引き継いでいるはず。山中城、韮山城を河越城に見立て我らを引き付けておき一気に襲い掛かってこないとも限りません。その時に備え残る一手を遊軍とするのです」

家康は官兵衛たちが警戒する箱根の関に至る道筋には小田原からの援軍は無いと見切った。そのうえで難所である山中と韮山の関を個別撃破しようという。決して大胆でも奇策でもないが理詰めで無理がなく言われてみれば当然の策のように思える。

家康の策に秀吉は内心舌を巻いた。先の評議では各武将とも箱根の難所と堅城小田原城の前に手をこまねき長期戦もやむなしという結論に達していた。ところが家康はこれまでの北条方の動きに合わせて策を講じた。これこそ家康が野戦の名手と云われる所以だと秀吉は思った。居並ぶ諸将も異論をはさむ余地がなかった。

「箱根の関を攻めれば大納言が申すように小田原から後詰が押し寄せてくることだろう。いや既に待ち受けているやもしれぬ。これを迎え撃つのは三番手の遊軍となろうがその将は誰がよかろう」

「それにつきましては某が承りましょう」

家康は即座に応じた。家康は氏直の舅であることから北条方と気脈を通じているのではないかという疑念が三成ならずとも秀吉配下の武将たちに根強くある。その疑念を一掃するためにも先陣を切って北条軍に当たることが必要だと家康は思ったのだろう。

「よくぞ申された。それでは徳川殿にお任せしよう」

秀吉はすかさず応じた。北条方は地の利を得るだけにどんな策を講じてくるかしれない。家康といえども命の危険に晒されるような激戦になることは避けられない。ここで不運にも家康が命を落としたとしてもそれはそれでやむを得ないと秀吉は考えた。

「以前、甲信での戦いにおいて北条四万に対し、某は一万足らずの兵で対陣し五ヶ月に及ぶ戦いにおいて、ただの一度も後れを取ることはありませんでした。とはいえこの度は敵地での戦いで、しかも比類なき険阻な地での戦いとなります。さらに北条方は万全の策を講じて待ち構えているに違いありません。もしも某が仕損ずるようなことがあれば二の手を出し、勝利するよう取り計らい願います」

「承知した。二の手はこの秀吉が請負おう。徳川殿を一番手とし、二番手にこの秀吉を遊軍に置けば敵する者は日の本は元より、唐・天竺においてもあるまい」

こう云って秀吉は豪快に笑った。家康の云った『甲信での戦い』とは九年前、信長が明智光秀によって討たれた際、北条が織田との同盟を破棄して上野国の滝川一益を駆逐し甲斐との国境で徳川軍と対峙した『天正壬午の乱』を指す。このとき家康は織田領の治安を守るという名目で織田家に断りを入れたうえで甲斐・信濃へ軍を派遣し北条軍と刃を交えたのだ。北条氏はその際織田家との同盟を破り攻め取った上野国が元で今回存亡の危機に立たされている。

家康の策により三手の軍の役割が決まったところで秀吉はさらに家康に問うた。

「韮山、山中の城を攻めるにあたり、今の北条方の様子からして後詰もせず小田原城に籠り震えあがっているやもしれぬ。そのとき後詰に備える第三軍は如何いたす？」

「そのときは両城のうち是非とも一城を攻め落とすべきです。どちらか一方でも落ちれば最早箱根の関は要害の役割を果たすことができなくなりましょう。その勢いをもって第三軍の某は手勢を率い酒匂川、早川へ出て陣を敷き、武蔵、上野にある支城との交通を断ちましょう。さすれば殿下の軍は難なく小田原へ押し出すことができます」

「なるほど」

秀吉は頷きながらこの男は何処まで先を見通しているのかと思った。他の武将ではなかなかこうはいかない。細川忠興、蒲生氏郷、浅野長政らは一軍を率いる勇猛な武将に違いないが、それはあくまで秀吉の指揮の下で発揮できる武勇で自ら先を見通し策を練り大軍を率いることができるかはまた別の話となる。かつて信長の許で実力をいかんなく発揮し猛将と恐れられた滝川一益ですら、信長が倒れるや羅針盤を失った船のように迷走した挙句、北条氏に攻め立てられ上野の地を失った。

秀吉はさらに問うた。

「大納言は韮山、山中の城一つでも落ちれば酒匂川、早川に向かうと申したが、そのとき酒匂川沿いの古道を通っていくこととなるが、川筋には北条方の城もあろう。見通しのきかぬ山道でそれらの城から攻撃を受けたらどうあしらうつもりじゃ」

　家康は尤もという顔で頷いた。

「川筋の足柄道には鷹巣、足柄、新庄と三つの城があります」

「それらの城将が黙って通すとは思えぬが」

「我らが通る頃には空城となっていることでしょう」

「何故そのようなことが言えるのじゃ？」

　秀吉は怪訝そうな顔をして尋ねた。

「かつて武田信玄が二万余りの軍勢を率いて小田原に攻め込んだことがありました。そのとき武田軍が侵攻してくる道筋の支城の将兵は一戦もすることなく、悉く小田原城へ逃げ去ってしまいました。二万の武田軍にしてこの態です。ましてや殿下の大軍を前にしては我先にと逃げ去ることでしょう。なまじ難攻不落といわれる城を持つと存外このような脆さが伴うものです」

　秀吉は家康の言葉に納得しつつもさらに問うた。

「とはいえ北条にはかつて（北条）綱成（つなしげ）とかいう猛将もいたという。そのような者が立て籠っているようなことがあれば如何いたす」

「それこそ某の望むところ。速やかに押し寄せて落とすばかりです。先の北条との戦いの折も簗井城を落とし守将の内藤周防守を討ち取り、関本城の大道寺を追い落としております。北条方の戦法は某が知り尽くしておりますので恐るるに足りません」

淀みなく答える家康を前にして秀吉はかつて両者が戦火を交えた小牧・長久手の戦いを思い出さずにはいられない。そのときは数において圧倒的優勢にありながらついに家康をとらえきれず、直接対決による決着を避け長島城を拠点とする織田信雄攻略に戦法を変更せざるを得なかった。軍議の場にいる細川忠興、蒲生氏郷、浅野長政らも日頃、秀吉が家康を評して、

「軍慮の知識計り知れず」

と話すのを話半分として聞いていたが、このとき改めて秀吉の言葉が誇張ではなかったと思い知ったに違いない。

ここで秀吉は山中城と韮山城に話題を戻した。

「ところで山中城と韮山城にはそれぞれどのくらいの兵が立て籠っていると見られるか?」

「いつもであれば二千程度でしょうが、今は攻撃に備え援軍を引き入れているはず。とはいえ城の規模からして四千を超えることはありますまい。恐らく双方とも三千五百ほどかと」

「三千五百か、すると差し向ける兵はそれぞれ三万五千もあれば良かろう」

「両城に近づけば鉄砲を撃ちかけられ、丸太や石を落されることを覚悟しておかねばなりません」

「そうなると迂闊には前には進めぬの。したがこれまでの様子からして北条方にそのような采配を振るう者が果たしているかどうか」

「そのような備えがあるやもしれぬと用心して掛かることが肝要かと」

「分かった、各将に十分言って聞かせるとしよう」

事前に黒田官兵衛らと策を練っていた秀吉だったが一つの手も加えることなく家康の策を用いることとした。家康が自陣に戻った後、秀吉は官兵衛に向かって呟いた。

「打つ手がないと思われた箱根攻めだったが大納言に掛かってはいとも簡単に攻略の糸口が見つかったことになるの」

「如何にも、大納言は頭のてっぺんから足のつま先まで合戦の知恵が詰まったようなお方です」

「ハハハ、知恵者の官兵衛からそのような殊勝な言葉を聞くとは思いも寄らなんだ」

秀吉は愉快そうに笑った。しかしその目は決して笑ってはいなかった。

その日の夜、秀吉は主だった諸将を集め韮山、山中の地図を広げた。

「明朝、山中、韮山両城を攻める。山中城寄せ手の大将は近江中納言秀次、韮山城寄せ手の大将は内大臣織田信雄殿とする。大納言家康は山中古道より押出て後詰することとなっている。秀次の許には中村一氏、田中吉政、山内一豊、一柳直末、堀尾吉晴ら三万五千、さらに堀秀政、木村重茲（しげこれ）、丹羽長重、長谷川秀一は日金（ひかね）峠（十国峠）より城の南方に出て山中城の脇から攻め立てよ。織田殿の許には細川忠興、明石則実、蒲生氏郷、蜂須賀家政、福島正則、生駒一正、中川秀政、戸田勝重、森忠政ら三万五千を配す。双方とも難所が多く攻め寄せるに兵を損することは避けられぬであろうが、一挙に攻め落とせ。たとえ北条方の後詰があろうとも、それに対しては徳川が当たる故、只々前面の敵に集中せよ」

　秀吉はこう命じた。居並ぶ将たちの士気は高かったがどれだけの者が箱根の関を短期間で落とせると思っていただろうか。なにしろ天下に名高い天然の要害だ。これまでに軍勢が箱根の関を越え関東に侵攻した例はない。その難所を攻め落とすには少なからぬ犠牲は避けられない。猛将蒲生氏郷ですら此度の小田原攻めに臨むにあたって討死を覚悟し、幼い子が父の顔を知らずに育つことを案じて京の屋敷に画工を呼び肖像を描かせ寺に納めてきたほどなのだ。一通り策を講じた後、秀吉は北条氏の使者石巻康敬と玉竜坊乗与を追放した。

(3)

二十九日秀吉は朝もやの中、山中城を見渡せる西側の嶺から辺りを一望した。雲が眼下を川のように流れていく。雲の合間に目指す山中城が姿を現す。山を背に前は切り立った崖になっており近づくには苔の生い茂った岩場を登らなくてはならない。秀吉はしばらくの間、山中城に目を向けていた。

この時、小田原の北条方からも物見が山中城に隣接する山頂に来ていた。山上郷右衛門と諏訪部宗右衛門だ。彼らは氏直の命で戦況を見守るために派遣されていたのだ。役目は上方勢が山中城を攻めあぐみ夜営しているところに火攻めを掛け陣営が大きく崩れるのを見極めたうえで援軍を要請するというものだった。二人は二十騎ほど率い城の周辺を窺っていたが、山中城の麓に続々と旗指物が押し寄せ埋め尽くしていくのを見て呆然とした。その数は予想を遥かに超えていたからだ。攻め寄せる兵馬は三万五千だが郷右衛門たちの目にはそれが五万にも六万にも映っていたことだろう。しかも箱根街道沿いの木こりや猟師しか通らないような細い道にまで兵が充満している。旗印や馬印から徳川勢のものと分かる。それを見た郷右衛門は浮足立った。家康が先頭に立ち間道を抜け小田原に向かっていると思い込んだのだ。このままでは帰路を塞がれると思った二人は物見もそこそこに一目散に小田原に引き返していった。氏直は人選を誤ったとしか言い様がない。冷静に考えれば数万の軍勢がケモノ道のような間道を辿って小田原まで押し寄せていくことなどできるはずもない。そのための山中城と韮山城の関だったはずだ。ところが大軍を目の当たりにした二人はそんなことなどすっかり頭から消し飛んでいた。

北条方の旗指物が小田原方面に向かって駈け去るのが秀吉の目に入った。

「あれを見よ！　我らに恐れをなして早くも城を捨て逃げだす者が出たぞ」

こう云って高笑いした。これによって京勢の士気は一気に高まった。

郷右衛門の報告を受けた氏直は思ってもみなかった豊臣方の速い侵攻に肝を冷やした。松田憲秀はすぐさま小田原城の守りを固めるよう氏直に進言し、氏直はそれに同意した。このとき氏直は重大な過失を犯したと云える。彼は報告の真偽を確認することをしなかったのだ。箱根街道沿いの細道を徳川の軍勢が進んでくることなどあり得ないと考え、再度物見を派遣し事実を再確認すべきところだった。もしも徳川軍が情報通り山中の間道を進軍してくるのであればそれこそ絶好の機会と捉え伏兵を配し敵の出鼻をくじく策に打って出るところだが、そのときの氏直は籠城策に固執する余り他の策に思いが至らなかったのだ。

一方、山中城の様子を窺っていた秀吉は不意に向きを変え秀次の陣近くの山に移動した。秀次は山中城の十町ほど手前まで寄せて陣を敷いていた。秀吉が近くまで来ていることを知った秀次陣営の士気はいやがうえにも高まった。秀吉が韮山城でなく山中城に出向いたのは秀次を思ってのことだ。秀次は先の長久手の戦いにおいて徳川軍に壊滅的大敗を喫していた。そのことから今回の戦いで是非とも名誉挽回させようとしたのだ。秀吉率いる軍勢が加わったことで山中城に押し寄せた軍勢は七万近くとなった。とはいえ山中城の備えはさすがに堅固で城の入り口には三の丸の出丸と向かい合わせに岱崎（だいさき）出丸が設けられ敵の接近を許さない造りとなっている。迂闊に近づけば道の両側から放たれる矢玉の餌食となるだろう。秀次本陣と山中城との間には幾つもの嶺と谷があり容易には近づけない。秀吉は山中城から目を離さぬまま黒田官兵衛を呼び寄せた。

「城の備えは手堅いようだが、官兵衛、そなたならどう攻める？」

官兵衛はしばし思案顔となっていたがやがて顔を上げた。

「この城は確かに天然の要害と言われる箱根峠に建てられた堅城と云えますが、万を超える敵方を想定したものではありません。我が方は三万五千、手順さえ間違わなければ落とすことはできましょう」

「その手順とは」

「山中城三の丸出丸と道を挟んで岱崎出丸がありますがまずは三の丸をけん制しつつこの岱崎出丸に集中攻撃を仕掛けます。その際は向かいの三の丸からの攻撃も避けられませぬが犠牲を恐れることなく何としてでも真っ先にここを落とすべきです。そしてその後、三の丸に兵を進めるべきです」

「やはりそう思うか、岱崎出丸と本城を同時に攻めようとすれば敵の術中にはまることになるということだな」

こう頷いて秀吉は秀次隊の先鋒を務める中村一氏を呼び寄せ岱崎出丸攻略を命じた。

その頃熱海道にある韮山城ではすでに激しい攻防が繰り広げられていた。城主北条氏規は弓をよく使い、日頃から家臣にも射芸を奨励していた。城の周囲には多くの大筒、小筒を備え箱根口に通じる道の守りを固めていた。城は山あいにあるとはいえ平城の造りで一見攻略しやすいように見える。ところが早雲の時代には北条氏の本拠地となっていただけあって守るに易く攻めるに難い造りとなっている。天ヶ嶺に抱えられるようにして建つ城は元々池と堀で敵の侵入を防ぐ造りとなっていたが、氏規によって土塁が築かれ守りはさらに強固なものとなっていた。たとえ大軍で押し寄せてこようと城に攻め入るには池と堀に挟まれた細い通路を抜けなければならないので縦列にならざるをえない。そこを城内から狙い撃ちされればひとたまりもない。蒲生氏郷、細川忠興、福島正則、明石則実ら三万五千を率いる織田信雄は一度大手門正面に陣を敷こうとしたが大筒を撃ち込まれて慌てて後方に退いた。その後、蒲生隊と福島隊が果敢に攻め込もうとしたが氏規の巧みな采配によって退けられ、それ以降は攻め手を欠き両軍睨み合いとなった。韮山で豊臣方の軍勢を食い止めるという氏政、氏直親子の目論見はこの時点で見事当たったと云える。

山中城の攻防では一氏の陣から黒鳥毛に半月の旗指物を背にした武者が黒駒に跨り単騎で城に向かう姿が秀吉の目に入ってきた。その武者は岱崎出丸から一町ばかり離れた嶺に一気に駆け上がると馬を止めた。その後ゆっくりと嶺を移動しだした。するとすかさず岱崎出丸から一斉に鉄砲が放たれた。しかし黒駒に乗った武者は少しも動じる様子がない。

「あれを見よ、あれなる武者は一氏の家人と見た。奴は出丸の地形を見定め攻撃方法を探っている。それだけではないぞ、身を挺して的となり敵方に鉄砲を撃たせその数を測っている。黒駒の武者の働き、捨てても一万石は授くべき」

こう云って秀吉は感嘆した。秀吉の言葉はそのまま周りの者たちへの鼓舞となった。黒駒に乗った武者が一氏の軍に戻ってから間もなくして仕寄りを担いだ兵が岱崎出丸の堀に攻め寄せた。出丸からは一斉に鉄砲が撃たれた。これによって一度に十数人の兵が堀の中に転げ落ちた。それでもひるむことなく土手に取り付きよじ登る者が次から次と続く。これを見ていた秀吉は後方に控える秀次に向き直り号令を発した。

「岱崎出丸は一氏隊に任せておけば勝利間違いない。直ちに総攻めの準備に掛かれ」

これを受けて秀次は出陣の法螺を吹かせた。事前の作戦では岱崎出丸を落として後、そこを拠点に山中城を一斉に攻めることになっていたが、秀吉は一氏隊の手際の良さから出丸の動きは一氏隊が抑えきることができると判断したのだ。黒鳥毛の旗指物の武者は渡辺勘兵衛という。『槍の勘兵衛』と異名をとる槍の名手で戦場において敵方が勘兵衛の旗指物を見ると避けるほどその武名は知れ渡っている。一方で相手がたとえ主人であろうと自説を曲げない頑な面も持った武将でもある。

(4)

法螺の音を合図に秀次軍と南方に陣を張っていた堀秀政率いる軍勢が一斉に山中城めがけて攻撃を開始した。西の嶺から秀吉が見ていると思うと将兵の士気はいやがうえにも高まる。秀次軍の中から三の丸の城壁に飛びついた者がいたが鉄砲で撃たれ転げ落ちた。それでもひるむことなく後に続く者が現れる。その者も槍で突き落とされたがあとからあとから攻め寄せる者が現れる。ついに一人が城壁を越えた。これを境に雪崩を打つように出丸に攻め入った。その勢いに押されて城方は次々と倒されていく。その中で一歩も引かず立ち向かっている武将がいた。間宮康俊だ。康俊は「首を挙げられたとき北条は白髪の老人まで戦に駆り出したと云われるのは恥じゃ」こう云って髪を黒く染め出丸から三の丸に通じる土橋のたもとを固め、京勢を槍で次々と突き伏せた。しかし京勢の勢いは増すばかりだ。五人目の敵を槍で突き伏せた時、左脇腹に激痛が走った。雑兵の槍が康俊の腹をえぐったのだ。康俊はカッと目を見開き槍の穂先を雑兵に向けた。そのとき右手から伸びてきた槍が康俊の腰に突き立てられた。康俊はうめき声をあげ天を仰ぐようにして倒れこんだ。

　こうなることを予見していたのだろう、康俊は数日前に当年十五となる孫の彦次郎を呼び寄せ、小田原に戻って主人氏直の傍に付き行く末を見届けるよう命じていた。彦次郎は戦いを前に戦場を離れることなどできないと激しく拒んだが、康俊は父たちに代わって主人の大事を見届けるのも立派な忠義だと諭しようやくのこと小田原へ向かわせた。その後、彦次郎は康俊の言いつけを守り氏直の許を最後まで離れることはなかった。彦次郎は『間宮』の名を残し家は江戸末期まで続いた。樺太と大陸との間に海峡があることを発見した間宮林蔵はその末裔にあたる。

　二の丸では城主松田康長はじめ池田民部少輔（みんぶしょうふ）、川尻民部少輔らが防戦に努めたが次々と討ち取られ遂に本丸手前の角矢倉に中村一氏の馬印が押し立てられた。一氏軍は岱崎出丸を落とし、その余勢を駆って二の丸まで攻め込んでいたのだ。この戦いで北条方は一千余りが討死した。

豊臣方の損害も決して軽いものではなかった。秀次の家老一柳直末が討死したのだ。直末は一番乗りを果たそうと城壁に取り付いたところ鉄砲で胸を撃ち抜かれ堀の底まで転げ落ちた。即死だった。美濃大垣城城主として北条征伐に当たり兵站を準備し糧道を確保するなどしてこれまでに秀吉の手足となって働いてきた。この上なく信頼を寄せていた臣だっただけにこの知らせを受けた秀吉は人目も憚からず天を仰ぎ声を上げて泣いた。その様は諸将の涙を誘わずにはおかなかった。そして誰もが一柳直末を男冥利に尽きると思った。

一方援将として山中城へ入っていた北条氏勝は上方勢を打ち払いながら本丸に入ると二の丸へ通じる門を固く閉ざした。氏勝は城門の前で歯ぎしりした。最早本丸が落ちるのは時間の問題だ。とはいえ一日でも長く敵の侵攻を食い止めなければならない。氏勝は本丸から後方の西の丸に退き城門を固め敵に備えた。ところが不思議なことにその後、上方勢の攻撃がピタリと止んだ。なんとそのとき二の丸を落とし勝利を確信した中村一氏配下の兵たちが兵糧蔵を打ち破り酒や兵糧を広間に運び出しそこに群がっていたのだ。それを知った一氏は「軍律に反するぞ！」と叫び血相を変えて広間に駆け込もうとした。それを渡辺勘兵衛が押し止めた。

「皆、早朝からの戦いで空腹の極限にあります。ここで咎めたりすれば後々の士気に響きますぞ」

　こう云われて一氏は苦り切った顔をしながらも勘兵衛の進言を受け入れた。

　氏勝は僅か一日で岱崎出丸はじめ三の丸、二の丸が落とされようとは夢にも思ってはいなかった。ここ山中城で敵の侵攻を防ぎ夜を迎え野営しているところに火矢を放つという作戦は脆くも崩れ去った。岱崎出丸も二の丸も落とされては火矢による夜襲を掛けるどころではない。坂東武者に比べ数段落ちるといわれていた上方勢は予想に反し命を惜しむことなく遮二無二攻め込んできた。そこには作戦も何もあったものではなかった。これは北条方にとって大きな誤算だった。

「箱根の関を守り切れなかったとなれば万死に値する。最早生きて帰ることもない。したがこのまま引き下がるわけにはいかぬ。敵は勝ち誇って油断しているに違いない。せめて一矢報いるため打って出て北条の意地を見せてくれよう」

　こう云うと氏勝は太刀を手にして立ち上がった。しかしその前に立ち塞がったのが朝倉重信だった。

「敵の数は城を埋め尽くすほどです。最早、本丸が落ちるのは避けられません。今打って出ても無駄死にとなるだけです。氏勝様を失ったら北条家はどうなります。どうか自重なさってください」

「この期に及んで何を云うか！　軍令が果たせなかったからには戦って潔く死んでいくのが武士というものであろうが」

「勝敗は兵家の常。北条家の存亡はこの一戦に限るわけではありません。ここは耐え忍び北条家のためにも生き延びて後日を期してくだされ」

「ええい、云うな！　ここ山中城が落ちるようなことになれば後日などあろうか。たとえ一人といえどもわしは行くぞ」

こう云うや氏勝は重信を押しのけ本丸へ向かおうとした。それを重信は後ろから抱きかかえた。

「氏勝様をここで死なせてはならないと（間宮）康俊殿と誓い合ったのです。その康俊殿は敵を一手に引き受け討死されたのです。氏勝様は康俊殿の死を無駄になさるおつもりか。どうしても行くというのならこの皺首をはね屍を踏み越えていってくだされ。そうでなければこの重信、康俊殿に対し面目が立ちませぬ」

山中城を守り切れなかった責任はすべて自分にあると思い死をもって主人氏直に詫びようと

した氏勝だったが、それさえも許されないのかと唇をかんだ。その唇からは血がにじみ出た。氏勝としては祖父綱成や父氏繁の名を汚すようなことはできないという思いが強い。ならばとばかりに太刀を投げ捨て脇差を抜き放ち重信が止める間もなくその場で自分の髻を切り落とした。それをせめて主家に対する詫びの印としたのだ。

山中城の二の丸まで攻め込んだ中村一氏隊は陽が沈むと渡辺勘兵衛の進言により城を出て茂みの先にある僅かな平地まで退いた。それを後方の山の峰から見ていた秀吉は感心することしきりだった。

「一氏はいつの間にか戦の腕を上げたようじゃ。このまま城に留まっていれば必ず北条方の残兵に夜討ちを掛けられる。それを知って夜が明けてから改めて攻め込もうとしているのじゃ」

秀吉は上機嫌でこう云った。尤もこのことによって氏勝はじめ北条方の残兵の城脱出の道が開けた。その夜、氏勝は重信らと共に闇に紛れて城を落ちていった。その後小田原まで戻った氏勝だったが、

「山中城を守り切れなかったとあってはお館様に合わす顔がない」

こう云って小田原城に入ることなく自分の持ち城である玉縄城に入った。ここで改めて豊臣勢と一戦し討死する覚悟だった。

山中城を僅か一日で落とした秀吉だったが、さすがに氏勝の火攻めは予測していなかった。とはいえ一気呵成の攻撃が図らずも北条方の夜襲の機会を奪ったのだ。秀次に長久手の戦いのときのような失敗をさせるわけにはいかない秀吉が韮山城ではなく山中城の支援に回ったことで秀次軍の士気が一気に高まったことが幸いしたと云えよう。山中城で目覚ましい成果を上げた豊臣軍だったが、織田信雄が指揮する豊臣軍は韮山城を落とすには至らなかった。これは秀吉にとって誤算だった。

「尾張内府が今少し武略に通じていれば攻め落とせたであろうが」

こう云って悔やんだが直ぐ気を取り直してこうも云った。

「城主の氏規もなかなかの者のようであるから、落とせなかったのもやむを得ぬかもしれぬ。無理をして攻め立てれば味方の損害が大きくなるばかりだ。もう一方の山中城が落ちたことでよしとしよう。初戦での大勝は後々油断の元となる。なに、韮山城もじき開城することとなろう。今は小田原城の後詰に行かせぬよう遠巻きにして動きを封じておけばそれでよい」

こう云って秀吉は福島正則と細川幽斎・忠興親子、森忠政、中川秀政らを韮山城の抑えとして残し、蒲生氏郷、中村一氏、山内一豊らの隊を引き取り小田原へ進軍した。箱根の関が破れ京勢の小田原侵攻を許したということは北条氏にとって堤が決壊したことに等しかった。

山中城が落城したことで北条方の箱根道、足柄道の防御線はもろくも崩壊した。豊臣軍が箱根を越え小田原に侵攻してきたことで北条の誇る百五十余りの支城は連携を断たれ海上に浮かぶ島のごとく孤立することとなった。

鷹巣、足柄、新庄の城主は山中城落城の知らせを受けると戦意を喪失したのか戦闘らしい戦闘をすることもなく自落していった。家康が予見した通りの展開となったのだ。四月一日には徳川勢の先手として井伊直政はじめ松平康重、榊原康政、小笠原秀政らの軍勢が強羅(ごうら)宮城野口へ攻め寄せた。宮城野口に通じる道は登り坂で岩場が多く道幅も狭い。登り切ったところは一面ススキの原で北条方としては敵を待ち伏せするには絶好の場所と云える。ここを固めるのは北条方筆頭家老松田憲秀以下上田朝広、原胤成、土岐頼春、荒川国清、芳賀綱可、正木弘正、福島勝広ら精鋭一万三千騎だ。彼らは山中城を守る氏勝が火攻めで敵陣を混乱に陥れたところに援軍として攻め込む手はずだった。しかし思いもよらず箱根の関が陥落したことで急遽宮城野口に陣を敷いたのだ。しかし決壊した堤から溢れるようにして押し寄せてくる徳川勢を食い止めるのは川の流れを戸板一枚でくい止めるに等しい。初戦こそ五分の戦いをしていた憲秀勢も次第に寄せ手の勢いに押されはじめた。憲秀は顔色を失った。後陣の土岐、原、荒川、芳賀、正木勢も加わり立ち向かったものの徳川勢の勢いを止めることができぬまま押しまくられ、ついには敵に背を向ける者が出た。こうなると最早歯止めは効かない。総崩れとなり我先にと小田原城へ逃げ帰った。この戦いで手痛い敗北を喫した憲秀は野戦では万が一にも勝機はなく、籠城戦の他に道は無いと思い知らされることとなった。

秀吉の軍は家康の言葉通り枯葉を掃くがごとく箱根の峠を越え湯本の本覚寺に着陣した。憲秀の軍が這う這うの体で逃げ帰ってきたうえ、秀吉が湯本まで押し寄せてきたと知った氏直は浮足立った。越えられるはずのない箱根の関が破られたうえ、宮城野口の防御線まで脆くも崩れ落ちたのだ。

「敵に城下まで押し寄せられるとは後世までの恥辱、こうなったらわし自ら秀吉本陣を攻め立て雌雄を決してくれる」

こう叫んで立ち上がった。しかしそれを憲秀が押しとどめた。

「お館様、それはなりませぬ。今、勝ち誇る敵に戦いを臨んだところで万が一にも勝機はありません。今は敵の勢いが衰えるのを待つべきです。かつて上杉謙信や武田信玄がこの城に攻め寄せてきたとき先君氏康公は『潜竜の計』により堅固に城を守り通したことをお忘れですか」

これまで野戦に対し箱根の関を固めておきさえすれば豊臣軍を食い止めることができると主張していたのは憲秀だった。そして万が一箱根を越えられたとしても宮城野口で迎え撃てば小田原まで攻め寄せられることはないと広言していたのも憲秀だった。しかしその憲秀は宮城野口の防戦で真っ先に敵に背を向け城へ逃げ帰ったのだ。憲秀の目論見は悉く外れた。これにはさすがに氏直も怒りを感じた。とはいえこれまでに彼の進言に従ってきたことで大過なく過ごしてきたこともある。また氏直に次善の策があるわけでもない。『潜竜の計』でやがて敵の勢いも弱まると云われるとそれもまた道理に叶っているようにも思えてくる。氏直は憲秀の説得に渋々ながらも従い出陣を思い止まり籠城策を続けることとした。

六日に秀吉は本覚寺は手狭と考え早雲寺に本陣を移した。秀吉はその日のうちに馬で箱根口に出て早川に沿って水之尾口に出るとそのまま東に移動して萩野口、久野口を経て細井田口、渋野口から海沿いの山王口まで出て小田原城周辺をぐるりと見て回った。山王口はかつて上杉謙信が攻め寄せたもののその守りを崩せることができずに引き上げていった砦だ。小田原城は空堀で囲まれた総構えとなっており周囲の総延長は優に二里を超す。

「聞きしに勝る城じゃ、したがこの秀吉に落とせぬ城があろうはずもない」

こう豪語した。

秀吉は秀次、織田信雄、蒲生氏郷らが本陣の早雲寺に到着するとすぐさま秀次を総大将として十三万の兵で小田原城を包囲させた。さらに浅野長政に三万の兵を預け東の下総、上総などの支城攻略を命じた。海上にはすでに長曾我部元親、九鬼喜隆、毛利輝元一万余りが船団を組んで相模湾を埋め尽くしている。北陸から前田利家勢三万五千が合流すれば全軍が小田原に集結することになる。

すると早くも湯本に面する早川口を守っていた皆川広照が百人余りの兵を引き連れ家康の許に投降してきた。広照はかねてより家康に心を寄せていたが領国が北条氏の勢力下にある下野国内にることから心ならずも籠城に加えられていたのだ。秀吉は喜んで広照の謁見を許した。

「真っ先に投降してきたとは殊勝なことじゃ。そなたはかねてより家康に誼を通じわしの命じた『関東惣無事令』の実現を訴えていたと聞く。それに免じて臣従を許そう」

「ありがとう存じます」

広照は恐縮しきって平身低頭して礼を述べた。秀吉はこうした態度をとられることが嫌いではない。

「して投降してきたからには手ぶらではなかろう」

「はい、城内のことは包み隠さず申し上げるつもりでございます」

「城内のことなど聞くまでもない。それより北条方の城を落としていく間、腰を据えておくところが必要となる。ここではいかにも手狭じゃ。他に陣を敷くにふさわしい場所はあるか」

広照はしばらく思案した後こう云った。

「それなら笠懸山がよろしかろうと存じます。ここは早川を挟んで小田原城を眼下に見下ろせる位置にあり湯本口からも近い場所に当たります」

広照の言葉を受け秀吉は早速三成に地図を広げさせ笠懸山の位置を確認した。この地図は北条氏との政争に敗れ今では秀吉に仕える天徳寺法衍に作らせたものだ。標高は二百六十メートルほどの小高い山で山頂から相模湾が一望できる。

「広照の申す通り申し分のない場所じゃ」

秀吉は大いにこの地を気に入り、早速三成に城普請を命じた。これが後の世にいう石垣山城（一夜城）だ。

(5)

玉縄城に戻った氏勝の許に氏直は栗田兵衛丞を使者として送り小田原城へ入るよう説得を図った。

「山中城落城は決して氏勝の責任ではないので咎めるものではない。速やかに小田原城に入り京勢に備え引き続き忠勤に励むよう」

氏直はこう伝えさせたが氏勝はそれに従わなかった。

「お館様の軍命に応えることができぬまま山中城を敵の手に渡し、討死することなく心ならずも逃亡したのは末代の恥辱。ここ玉縄城でお館様の盾となり及ばずとも敵を一手に引き受けこれまでのご恩に報いる所存でござる。この旨お館様へお伝え願いたい」

説得がならなかった兵衛丞は氏勝の言葉をそのまま氏直に伝えた後、こう付け加えた。

「小田原城入城を頑なに拒むのはまさかとは思いますが寄せ手に通じているやもしれません」

兵衛丞の言葉に氏直は驚いた。

「なに、氏勝が敵方に通じているというのか」

「まさかとは思いますがお館様のお言葉に従わず敵に囲まれた玉縄城を離れず、また寄せ手も一向に攻め込む気配が見えないのはそのような疑いがあると云わざるを得ません」

兵衛丞は役目を果たせなかったことを糊塗するためそう答えたとも云える。間もなくして「あの氏勝殿が敵方に通じているやもしれない」という噂が立ち小田原城内に動揺が走った。


氏直以上に氏勝が戦況を大きく左右する武将であるということを認識していた人物がいた。それは他ならぬ秀吉だった。広照の投降に気をよくした秀吉は北条方の重臣のうち一人でも軍門に下れば敵方の戦意が落ちると考え玉縄城に籠る氏勝に狙いを定めた。氏勝についてはかつて氏直の使いとして上洛してきた板部岡江雪斎から武勇に優れた人望のある武将だと聞いている。この氏勝が降れば支城の城将たちはこれに倣うと考えたのだ。思いつくとすぐさま黒田官兵衛を呼んだ。

「今、玉縄城に北条氏勝が籠城しているという。小城一つ落とすのは造作もないがこの者を説いて味方に引き入れたなら北条方の諸将になびく者が少なからず出るはず。そなた氏勝の許へ行き所領を安堵する故、投降するよう説いてまいれ」

こう命じた。交渉役となると官兵衛の右に出る者はいない。これまでにどのような困難な役目も身を挺して果たしてきた。官兵衛は早速、氏勝の許へ出向いた。

玉縄城は北条早雲によって大船の丘陵地に築かれた城でこれまでに上杉謙信や武田信玄の小田原攻めの折も落とされることはなかった堅城だ。官兵衛は城内に入ることは許されず手前の龍宝寺に案内された。しばらく本堂で待っているとそこに氏勝が姿を現した。六尺もあろうかという体躯でいかにも武骨な武人のようだが威圧したり虚勢を張るような様子は見受けられない。相手によって交渉方法を使い分けてきた官兵衛だがすぐさま氏勝には小細工は効かないと見て秀吉の言葉を率直に伝え投降を勧めた。ところが氏勝は穏やかな口調ながらその申し入れをにべもなく断った。

「我ら福島一族は北条の名を与えられ一門に加えられ、代々恩に浴してまいった。今、危急に臨み主家への義を変じるようなことになれば、祖先に顔向けできぬ。どうかお引き取り願いたい。このような交渉事は他の目もありあらぬ嫌疑を受けるやもしれぬ。黒田殿には何の恨みもござらぬが、次にお会いするときは必ず刃を交わすときとご承知おき願いたい」

そこには官兵衛の心胆を寒からしめる響きがあった。

(この男、すでに城を枕に討死する覚悟をしている。最早どのような言葉にも動かされることはないだろう)

官兵衛はそう直感した。さすがの官兵衛も引き下がらざるを得なかった。

官兵衛の説得が不首尾に終わったとはいえ氏勝の説得をあきらめるような秀吉ではない。すぐさま家康に相談を持ち掛けた。家康もまた氏勝を味方に引き入れることがこの戦いの一つの要であると見て氏勝を味方に付け戦いを避け北条方の城を開城させようと考えていた。両雄の考えは期せずして一致した。秀吉の要請を受け陣屋に戻った家康はすぐさま本多忠勝を呼んだ。

「今、玉縄城に北条氏勝が籠っているという。小田原城に入らなかったのは己が命に代えて小田原の城を守る覚悟でのことであろう。そなたも知っているように氏勝の祖父は北条氏の支柱といわれた綱成(つなしげ)だ。綱成が仕えた氏康の代には越後上杉、甲斐武田の侵攻に対して小田原城に籠城し、見事退けたことがあったが、それは首をすくめて籠っていたわけではなくいつでも打って出る態勢を取り続け、敵を威嚇したからこそ功を奏したのじゃ。したが今の北条は籠城に徹し豊臣勢を脅かすような方策は何一つ取っていない。関白が撤退するようなことは万が一つもなく、数ある北条方の支城も孤立し、豊臣勢の背後を脅かすどころか個別撃破され次々と落とされている。豊臣勢は優に二十万を超え糧道も確保されている。かつて綱成が対峙していたときとは戦況は全く異なる。

氏勝は優れた器量と評判の武将だけに祖父綱成に恥じぬような戦いをして主家の恩に報いる覚悟でいることだろう。したが小義に拘り祖先の名跡を消滅させるようなことになれば、これ以上の不孝はない。ひいては主家をも滅ぼすことにもなる。勝算のない戦いを続けたところで多くの将兵の命が失われていくだけじゃ。天命に従い関白に帰順して子孫の繁栄を期すのが氏勝の務めと云えよう。また他の城に籠る者どもに開城するよう説くことができるのは氏勝を置いて他にない。投降した者は関白殿下の名の許、咎めることはないと伝えよ」

家康はこう忠勝に命じた。だが氏勝宛書簡を書いたりこれ以上具体的方法を示すことはなかった。忠勝はかねがね、

「我が主人は何事につけてもはきとしたことは申さざるお人にて」

と云っていたが、このときもまた同様だった。そうなると氏勝の説得方法は自分で考えるし

かない。戦場においては機に臨み変に応じなければならない場面が往々にしてあることから家康は大将の指示通り動くだけでは不足という考えを持っている。『帷幕（いばく）の外にありては軍令も受けざるところあり』というように部将自らが決断しなければならない局面に立たされたとき如何に対処するかが勝敗を左右するという考えを家臣に浸透させているのだ。

忠勝は思案の末、かねてより氏勝と親交のある松下三郎左衛門が配下にいることに目を付け二人で方策を練った。すると氏勝が菩提寺としている龍宝寺の住職竜達和尚に師事していることが分かった。龍宝寺は先に官兵衛が出向いた寺だ。忠勝はこの和尚に秀吉の示す所領安堵を約束したうえで氏勝に開城するよう説いてもらおうと龍宝寺に出向いた。竜達は五十半ばで凛とした佇まいの和尚だった。

「勅命を受け下向してきた関白殿下の勝利は最早明らかです。このままでは玉縄城の将兵を無駄死にさせるだけです。氏勝殿が討死すれば家は絶え、孝道にも反することとなりましょう。開城すれば所領は安堵し城兵たちの命も助けると関白殿下は仰せです。そして他の支城の将兵たちも開城すれば同様に罪は不問に伏すとのことです。どうか氏勝殿を説き北条家の多くの将兵の命を救ってくだされ」

竜達和尚は忠勝の話を静かに聞いていた。和尚の目にも勝敗の行方はすでに明らかと映っていたのだろう。城兵の多くの命を救えるのならばと和尚は忠勝を説得することを承諾した。忠勝は和尚が氏勝の許に行くにあたって三郎左衛門を同行させることにした。忠勝が同行しなかったのは彼が氏勝と対面することで氏勝の武将としての血をいたずらに騒がせることのないようにするための配慮といえる。秀吉は所領安堵を説得の材料に使い、家康は人命と孝道の道を説いたところに両者の特質が現れているといえよう。

翌日の昼過ぎ竜達和尚は玉縄城へ出向いた。それから二刻ほどして忠勝の許に戻ってきた。

「御足労おかけして申し訳ござらぬ。して、如何でしたか」

忠勝の問いに和尚は軽く首を振り嘆息しながら云った。

「会うことを拒むことはなさらなかったが、開城についてはきっぱりと拒絶なされた。すでに覚悟を決めておられるのでありましょう。その考えを覆させることは最早、難しいようじゃ」

忠勝としてはこのことは予測していた。自分も主人家康を裏切るようなことはどんなことがあっても考えられないからだ。氏勝には自分に似た側面があるように感じる。一方、竜達和尚のように仏道に入った者は得てして『水場に馬を連れていくことはできても、馬に無理やり水を飲ませることはできない』というような達観したものの見方をする。また主人のために命を投げうって討死するのも一つの生きざまとして受け入れるようなところがある。そのような思いがある限り氏勝の説得はでき難い。忠勝は氏勝を説得する前に竜達和尚を説得する必要があると感じた。そのとき三郎左衛門が意を決した表情で云った。

「氏勝殿は一度や二度の説得で心を変じるような漢ではないと見ました。ここは何度でも足を運び殿（家康）のお考えを伝えるべきところ。それでも和尚のお言葉を聞き入れないとなればこの三郎左衛門、氏勝殿の眼前で腹を掻っ切って赤心を示す覚悟でござる」

その目は戦場に出向く時のような異様な光を放っていた。思ってもみなかった三郎左衛門の言葉に竜達和尚は何かに打たれたような表情となった。和尚は彼の血走った眼をまじまじと見つめていたがやがて視線を忠勝に移すと再度玉縄城へ出向いてみようと云った。竜達和尚も改めて覚悟を決めたようだった。その後、断られても断られても氏勝の許へ出向き説得を続けた。さすがの氏勝も遂に折れ一つの条件を出してきた。

「所領安堵は望むところではありません。この城を明け渡し、八州平均（へいぎん）のため他の支城の開城を促せと徳川殿が申されるのであれば某が城将を説得してみましょう。したがその間は一切攻撃の手を加えないことを約束願いたい」

氏勝の言い分は尤もなことだった。忠勝としても異存はない。忠勝はすぐさま家康の許に出向いた。家康もまた我が意を得たりという顔をして氏勝宛に誓紙を認めた。氏勝が法衣姿で家康の前に現れたのは二十一日のことだった。家康は氏勝を見るとその手をとって陣屋の奥へ迎え入れた。

「よう参られた。北条の要である山中城の守備を任され十倍もの京勢を相手に一歩も引くことなく戦ったことは武将の鑑と言えよう。今、小田原城もまた二十万の兵に包囲され海上も数百の船で埋め尽くされている。この状況で戦いを挑んだところで多くの命を失わせるばかりじゃ。それは関白殿下も望んではおられぬ。今、軍門に降れば領国安堵の道も残されよう。何よりも多くの命を失わずに済む。その道をひらくことができるのは北条家ではそなたを置いて他にない。是非とも力を貸してほしい。開城に応じた者たちを咎めるようなことは決してしないと約束しよう」

　こう云って家康は氏勝を秀吉の許へ案内した。秀吉もまた長い間行方知らずだった近習が戻ってきたかのように氏勝を迎え入れた。

「その方のこれまでの北条家に対する忠義の数々は江雪斎からも詳しく聞いている。北条は万が一にも勝ち目はない。このまま意地を通そうとすれば無益な殺生を重ねるだけじゃ。そうなれば北条の生き残る道は無くなる。そうした愚を成さぬようにさせるには氏勝、その方の働き如何にかかっている。籠城する者たちにすぐさま開城するよう説得せよ。そうすれば投降した者たちの罪は不問とする」

　氏勝は少しも気後れすることなく秀吉に目を向けその言葉を聞いていた。そしてこう云った。

「謹んで仰せに従います。ただ某が開城を説く間は決して攻撃を仕掛けるようなことはなさらぬことをお約束ください」

「それは尤もなことじゃ、分かった、約束しよう」

秀吉は氏勝の要望を一も二もなく聞き入れた。

『北条氏勝が城明け渡しを説いている間は一切の攻撃を禁ずるものとする

関白秀吉』

こう書付を認め氏勝に渡した。かくして氏勝は豊臣方の案内役として下総・上総方面に向かうこととなった。氏勝が上方軍の先頭に立ち開城の説得に当たると次々と城が明け渡された。誰もが氏勝が豊臣方に下ったのであればそれに続くことは恥ではないと考えたのだ。房総の城がさしたる抵抗も示さず次々と開城していくのを誰もが信じられない思いで見ていた。これには秀吉も『房総諸城の攻略に限っては戦功として認めるものではない』と総大将の浅野長政に書き送ったほどだ。

その後、長年北条氏と対峙してきた佐竹義重・義宣親子、宇都宮国綱から参陣の申し入れがあった。これはかねてより取次ぎ役を担ってきた石田三成と交わした約定（『関白が下向するようなことになったなら直ちにその旗の下に馳せ参じる』）に沿ったものだった。さらに北条氏と同盟を組んでいる里見義康からも臣従の申し入れがあり北条氏の孤立に一層拍車がかかった。一方、前田利家、上杉景勝の北国勢は降伏した大道寺政繁を案内役として上野の厩橋（うまやばし）城、武蔵の松山城と次々に落としていった。北条方の城の防備を知り尽くしている政繁が上方勢に取り込まれたことによって厩橋城も松山城も裸城同然となったのだ。

　豊臣方に降った大道寺政繁と北条氏勝の決定的違いは、政繁が勝手知ったる城の攻略方法を豊臣方に進んで示したことに対し、氏勝は籠城する将兵の命を助けるため開城を説いたことにある。政繁は氏康の代から仕える歴代の臣で数々の手柄を立ててきたのは誰もが知るところだ。ところがこの時すでに北条氏を見限り秀吉に仕えるため戦功を挙げようとしていたとも云える。

　次々と支城との連絡を絶たれていく小田原城内の北条一族は一段と孤立を深めていった。氏政親子は豊臣方の兵糧が尽きて引き上げることを期待していたがその可能性は脆くも崩れた。海上には兵糧を積んだ何百という船が行き交っている。箱根の関を破られ小田原への侵攻を許した時点で勝敗は既に決したとも云える。

五　二つの密書

(1)

月が替わった六月八日、秀吉は堀秀治を呼び寄せた。北条氏に使いさせるためだ。秀治の父秀政は早川口に陣を敷いていたが十日ほど前の二十七日、三十八歳の若さで急逝した。秀政は先の小牧・長久手の戦いのときは池田恒興、森長可の両将を討ち取り余勢をかって攻め込んでくる榊原康政隊を迎え撃ち敗走させる武功を立てるなど戦の采配に優れているばかりか万事においてそつがなく隙を見せることがなかった。それらは信長の小姓を務めた頃に培われたものだろう。あの気難しい信長ですら秀政に対して声を荒げることは一度として無かったという。その秀政を秀吉は今回の遠征軍の左翼の大将に当てるほどその手腕を買っていた。北条征伐後、奥州を平均（へいぎん）した後にはその地の統治を任せようと考えていただけにあまりに早い死を嘆きその失望も深かった。息子の秀治は当年とって十五歳と大任を任せるには若すぎるが家老の堀直政が後ろ盾として支えている。直政は長年秀政を補佐してきたことから秀吉の意向を十分読み取ることができる。交渉事には名前も必要となる。秀政の息子であれば使いの役は十分果たせると秀吉は考えた。秀政の死は未だ北条方には伝わっていない。秀吉の前に秀治と直政が連れ立って現れた。

「その方ら氏直にわしの内書を渡してまいれ。北条方の手引き役には氏直の側近埖和豊繁という者がいる。その者は北条方と交渉する際そなたの父秀政がこれまでに連絡を取ってきた者じゃ」

こう云って秀吉は内書を秀治に渡した。秀治は内書の入った小箱を頭上に掲げ受け取った。

「今一つは家老松田憲秀宛のものじゃ。これは氏直宛内書の写しだが、憲秀には長男新六郎政晴という者がいる。まずその者に渡るようにし、新六郎から父憲秀に渡すよう豊繁に申し伝えよ。また写しを渡すことについては氏直は知られぬようにせよ。よいかここが今回の使いの肝じゃぞ」

秀吉はこう念押ししたうえで封印した内書の写しを秀治に託した。

「しかと承りました」

秀治は封書の入った小箱を押し頂いた。しかし秀吉は秀治がいまひとつ納得しかねている様子を見て取った。後ろに控えている家老の直政も同様の表情をしている。秀吉は笑いながら付け加えた。

「そなたは憲秀に渡す内書の写しを息子新六郎を通し、しかも氏直には知られぬようにすることについて今一つ納得がいかないのであろう」

「いいえ、決してそのようなことはございません」

「隠さんでもよい。顔にそう書いておるわ。では教えてつかわそう」

秀吉は右ひじを脇息の上に置き少し前かがみになり、悪戯をしようとしている悪童のような顔になった。

「わしが氏直を見込んで氏直だけに交渉を持ち掛けたと思わせるためじゃ。氏直は隠居の氏政の言いなりとはいえ、仮にも北条家の当主じゃ。関白秀吉がそれを認めていると知らしめるのじゃ。内書を受け取った氏直はすぐさま父氏政に知らせるやもしれぬ。また家老の憲秀に相談を持ち掛けるやもしれぬ。したがそれでも良い。それによってこのわしが交渉相手と見込んでいるのは氏直だということが明らかとなろう。また憲秀に写しを渡しておくのは氏直に相談を持ち掛けられたとき速やかに返答できるようにするためじゃ。これは憲秀に対するわしの温情じゃ」

こう云われて秀治も直政もようやく腑に落ちた表情となった。

併和豊繁は堀秀治の使いから受け取った内書をすぐさま氏直の許に届けた。城内には徹底抗戦を唱える氏政と氏照がいるが、このとき氏直の心は大きく揺れていた。難攻不落と信じて疑わなかった箱根の関はたった一日で破られ、強羅宮城野口で迎え撃った松田憲秀率いる一万三千の部隊も総崩れとなり逃げ帰ってきた。小田原城の三方は秀吉率いる軍勢の旗で満ち溢れ、海上には大小併せて数百の船が海面を覆い尽くすかのように押し寄せてきている。九州征伐の際は二十万余りを動員したというが、それを超えるほどの軍勢だ。豊臣軍が小田原城を包囲したということは伊豆・相模のみならず上野国の主だった支城が陥落するか動きを封じられているということだ。戦力ではとても太刀打ちできないことから守りを固めて豊臣軍の兵糧が尽き撤退するのを待つという戦法をとったが、海上には兵糧を運ぶ大小の船が溢れるほど行き交っている。こうした状況の中、密かに和睦の道を探っていた矢先、秀吉から内書を受けることとなったのだ。

果たして内書には何が書かれているのか。氏直は急く心を抑え封を開いた。

『関東の国々を横領した北条親子は紛れもない謀反人だが、帝の願いは四海平和にあることを鑑み和睦に応じるなら伊豆・相模の国を安堵することとする』

こう書かれ秀吉の花押が記されていた。秀吉は父氏政が和睦に応じることはまずないとみて氏直に接触を図ったと考えられるがとても応じられるような内容ではなかった。伊豆・相模は後北条始祖早雲の代に得た領国ではあるが、その後二代氏綱、三代氏康そして四代氏政が切り取ってきた領国すべてを返上するということになる。内容が内容だけに氏直は父氏政にも家老憲秀にも相談しかねた。

一方、新六郎の方も坍和豊繁から氏直宛内書の写しを密かに受け取っていた。そこには果たしてどのようなことが書かれているか気になる。憲秀は城内の見回りに出て松田陣営にはしばらくは戻ってこない。

（どうせわしも見るものだ）

こう思った新六郎は人目を避け居間に入ると文の入った黒い小箱の蓋を慎重に開けた。中に納められた文に目を通した新六郎は思わず目を剥いた。顔が凍り付いたように強張り額から一気に冷や汗が流れ落ちてきた。手の震えが止まらない。氏直宛内書の写しと聞いていたその中身は何と父憲秀宛のものだったのだ。文には秀吉の花押が記されている。その内容は驚くべきものだった。

『関東の国々を横領し朝聘（ちょうへい）（朝見）にも応じようとしない北条氏政、氏直親子は謀反人であり断じて許されるものではない。関白秀吉は帝より節刀を賜り北条討伐の命を受けた。とはいえ帝の願いは四海平和にあり関八州の治安を望まれていることは言うに及ばない。よって長年当主を支えてきた松田家が北条に代わって関東の地を鎮守していくのであれば伊豆・相模を安堵することとする。よって速やかに軍門に降るよう

松田尾張守憲秀殿

関白秀吉（花押）』

新六郎の胸の鼓動は心の臓を突き破るほどの勢いで鳴った。額からこめかみから脂汗が止めどなく流れ落ちる。新六郎は人払いしたはずの部屋の中を思わず見回した。とても人には見せられないような顔になっているに違いないと我ながら思ったのだ。

（関白は松田家が北条家に代わって関東二ヶ国を治めることを望まれている。したがこれを父上が知れば直ちにお館様に報告なさるだろう。そうなれば松田家に二ヶ国を与えるという関白の意向は反故となる。それだけではない。ご隠居様の耳にでも入れば豊臣方に通じているのではないかとあらぬ疑いをかけられかねない。いや必ずそうなるに違いない。それならこのまま勝ち目のない戦を続け滅亡に向かっていくよりも今の段階で和睦に応じ、たとえ二ヶ国である

う と所領安堵を受けるに越したことはない。しかもその所領は松田家が治めるよう関白は云ってきているのだ)

新六郎は秀吉の文を小箱に戻すと懐深くしまい込んだ。

秀吉は堀秀治を使い北条氏直に密書を渡し、松田憲秀にはその写しとして新六郎の手を経て渡るよう手配りした。写しを他の者にも渡すことは秀吉がよくやるやり方で、氏政・氏直親子に上洛を求める文を送った時にも、その写しを家康の許に送っている。ところが今回、憲秀に送った文書は氏直に送ったものとは全く別の内容だった。その内容を憲秀よりも先に新六郎が知ることとなった。憲秀が先に文書を見ればそれが秀吉の策略と考え誰にも見せることなく握りつぶすとも限らない。秀吉は新六郎の許に届ければ彼が盗み見することを見通していた。その目論見通り憲秀より先に新六郎が密書の内容を知ることとなった。

新六郎はかつて跡継ぎに恵まれなかった笠原家から請われ養子となり、伊豆戸倉城の城将となったものの北条家を裏切り武田方に降ったという過去がある。その後武田家が滅んだことで父憲秀のそれまでの功績に免じて帰参が許されたが、笠原家から縁を切られていたため松田家に戻ってきた。しかしそのときすでに松田家の家督は次男左馬助が継ぐこととなっていた。このような者は主家危急の時には必ず裏切ると秀吉は見て取ったのだ。

新六郎は父憲秀が見回りから戻ると聞きすぐさま彼の許に行き人払いをした。部屋の外に誰もいないことを確認したうえで新六郎は秀吉の文を差し出した。憲秀は終始表情を変えることなく読み終えるとたたみながら新六郎に尋ねた。

「そなたはこの文箱を開けたのか」

「申し訳ありません。お館様へ渡った内書の写しということだったのでいずれ某も目を通すものと思い開封いたしました」

憲秀はそのことに対して咎めるようなことはせずこともなげにこう云った。

「これは『反間(はんかん)の計』じゃ」

「と、申しますと」

「この手はかつて武田信玄も用いた。わしの叛心を煽りお館様と離反させるためのものじゃ。このような手に誰が乗ろうか」

「お言葉ですが関白の内書には北条氏は朝廷に叛いた逆臣故、断じて許すことはできないとあります。したが我らが開城に応じれば伊豆・相模二ヶ国を安堵し、統治は我ら松田一族に任すとも書かれています。二十余万の大軍を相手にこのまま籠城を続けても落城を待つだけです。そうなれば関八州すべてを失うこととなりましょう。それよりもたとえ二ヶ国といえども安堵を受け家臣が路頭に迷うことのないよう図るのが筆頭家老である父上の役割ではありますまいか」

「我らにそう思わせるのが関白の策略じゃ。うかと乗るようなことになれば今まで積み上げてきたものすべてを一気に欠くことになろうぞ」

憲秀はこう云って新六郎をきつく戒めた。

(2)

秀吉の打つ手はこれだけではなかった。翌日は正式な使者として黒田官兵衛と滝川雄利を氏政・氏直親子の許に送ったのだ。官兵衛と雄利は北条陣営の湯本口前まで行き城兵が見守る中、秀吉からの文を渡した。氏直は立て続けに秀吉からの文を受け取ったことになる。

秀吉から書簡が届いたとあって広間には氏政はじめ氏照、氏忠、氏光、氏房に加え松田憲秀、伊勢定運（さだかず）、山角定勝、板部岡江雪斎らが顔を揃えた。秀吉からの書をまず手にしたのは氏直ではなく氏政だった。鷹揚に構えてはいるものの猜疑心に満ちた表情で封を切った。一同は固唾を飲んで見守っている。すると文に目を通す氏政の表情がみるみるうちに険しくなり手が小刻みに震えだした。そして読み終えるや汚らしいものでも手にしたかのように床に投げ捨てた。すぐさま松田憲秀がそれを拾い上げた。

「猿面郎め、思い上がりも甚だしい」

　氏政は怒りで上気した表情で吐き捨てるように云った。何がそれほどまでに氏政を怒らせたのか。居並ぶ重臣たちの表情が強張った。氏直にはそこに和睦の条件として領国召し上げについて書かれているというおおよその見当がついていた。前もって氏直が受け取った内書には伊豆・相模の二ヶ国安堵が書かれてあった。おそらく公式な書にもそのことが記されているのだろう。氏直が憲秀を促し秀吉からの書を手にしようとすると氏政が怒気を含んだ声で云った。

「そのような文、捨て置かれよ、見るのも汚らわしい！」

　父氏政はそう云うが目を通さないわけにもいかない。氏直は憲秀から書を受け取った。氏政が投げ捨てたとき端の一部が破れた書を手にした氏直は思わず目をみはった。そこには、

『帝に叛いた罪は本来許されざるものだが、帝の願いは四海平和にあり関東・奥羽に治安がもたらされることを望まれておられる。それ故、今和睦に応じるなら武蔵・相模の地を安堵する』

　こう書かれていた。昨日内々に氏直の許に届けられた内書には伊豆・相模の二ヶ国を安堵するとあった。これについて氏直は父氏政に相談することをためらった。負けると決まったわけでもない段階での和睦の条件としてとても見合うものではなかったからだ。今手にしている書には相模・武蔵二ヶ国とある。多少条件としては良いとはいえ氏政は血相を変えて怒った。もしも氏直が事前に受け取った内書を氏政に見せていたならその怒りは今どころではなかっただ

ろう。そして相談を持ち掛けるまでもなく、何故直ちに拒絶しなかったのかと咎められたことだろう。

秀吉の申し入れがあったということで集まっていた憲秀はじめ江雪斎たち重臣も秀吉の示した和睦の条件に対し氏政の怒りが尋常でないことから改めて評議の場を設けるということにしてそれぞれの持ち場へ帰っていった。


憲秀が陣所に戻るとそこには新六郎が待ち構えていた。

「評議は如何でしたか」

憲秀は渋い顔をしたまま答えない。新六郎が再び尋ねてようやく重い口を開いた。

「関白は和睦に応じれば相模・武蔵の二ヶ国を安堵すると云ってきた」

「ほう、伊豆ではなく武蔵の国ですか。してお館様のお考えは」

「ご隠居様がえらくご立腹なされ評議どころではなかった」

「相模・武蔵でもご納得されなかったのですか。二十万以上の軍勢を動員させておいて本領すべての安堵を望まれている訳でもありますまいが」

「関白は北条との和睦を望んでいる訳ではない。二ヶ国安堵ではご隠居様はじめお館様も和睦に応じるはずもないと承知の上のことじゃ。垪和豊繁は内々に関白の内書をお館様にお渡しし、その写しをわしに届けたというがお館様の手に渡った内書にどのようなことが書かれてあったかは分からぬ。わし宛の内書に書かれていた伊豆・相模だったのか、それとも他の条件だったのかは関白の内書がお館様に渡ったことを知るのは豊繁しかいない限りこちらから問う訳にもいかぬ」

「お館様宛の内書にはとても応じることのできないようなことが書かれていたのでしょうか」

「恐らくそうであろう。それ故わしに相談を持ち掛けることもなかったのじゃ。そして翌日関白は正式な使者として黒田官兵衛と滝川雄利を送り込んできた。関白が本心から和睦を考えるのであれば使者の中にお館様の舅家康殿の家臣も加えているはずじゃ。それをしなかったということは徳川を加えれば和睦に応じるような条件にせざるを得なくなるからじゃ。関白としては是非ともそれは避けたかったのであろう。したが関白がどのような策を弄しようとも北条一族が切り崩されるようなことは断じてない」

「ならば父上は今のこの劣勢を挽回する策があるとでも云われるのですか。父上はただひたすら籠城策を説き、関白の兵が撤退するのを待っておられます。そればかりか虚勢を張るかのように非番の者たちには籠城で退屈しないよう思い思いに楽しんでよいと云って昼には茶を点てたり囲碁や双六などに興じさせ、夜は明々と火を灯し連歌や謡の宴を催すことを許されています。したが城外各所では命を賭けた戦いが今まさに繰り広げられているのです。豊臣方が申すには上野国はすでに前田利家と上杉景勝らの軍によって一掃され、武蔵の松山城、江戸城、河越城が落ち、今まさに氏邦様の鉢形城が攻め立てられているのです。それに対してお館様は援軍を出す様子もない」

「そなたは敵方と接触を図っているのではあるまいな」

「湯本口の守りを担っていればそのくらいの情報は入ってきます。敵方の動向を探るためにも多少の接触は必要です」

憲秀は苦々しい顔をしたが新六郎を咎めることはなかった。

「それだけではありません。玉縄城の氏勝殿も関白の軍門に降ったというではありませんか」

「なに、氏勝が降伏したというのか」

「父上はそれすらご存じない。『北条は去年の暦を使っている』と西国衆はかねてより噂しているそうですが、それは恐れながらお館様とご隠居様を指してのこと。各支城が次々と落とされていくことに目をそらし、籠城策と称して酒を食らい、和歌や謡に興じている者が果たして当主と云えましょうか」

「政晴（新六郎）、言葉が過ぎようぞ！」

「いいえ止めません。氏勝殿は山中城を落とされた後、雪辱を果たすため小田原城には入らず玉縄城に入ったのはそこで上方勢を一手に引き受け討死覚悟でお館様を守ろうとしたからに違いありません。にもかかわらず氏勝殿が豊臣方に降ったのは、お館様がその心情を察することなく『籠城に加わらないのは裏切りの心があるのではないか』との諫言を直ちに否定しなかったからです。このことが玉縄城の者たちに伝わらなかったはずはありません。

某もかつて武田軍と命がけで戦っていたにもかかわらず、お館様が『めぼしい戦功がないのは新六郎が臆病だからではないのか』と云われたことが漏れ聞こえてきたことで武田方へ降る決心をしたということがありました。如何に代々恩を受けてきたとはいえ家臣を信じず、そのうえ支城が危機に瀕しているにもかかわらず援軍も送らず見殺しにして城内で酒宴に興じているような今の当主に忠義を尽くす者が果たしてどれだけいるでしょうか。父上は戦が長引けば豊臣軍はやがて兵糧が尽き撤退するとかねがね申されていましたが、撤退するどころか今では常陸の佐竹、下野の宇都宮、安房の里見までも参陣し、豊臣方の糧道は拡大する一方です。このままでは北条家と同盟を結ぶ伊達までも関白の許へ参陣を申し出るとも限りませんぞ」

憲秀は新六郎に対して返す言葉がなかった。確かに彼の云うことに一理ある。しかし『義』において受け入れ難い。長い沈黙の後憲秀は絞り出すような声で云った。

「そなたは義を重んじる氏綱様のお言葉をよもや忘れたわけではあるまい。苦境に立つ主家を裏切るようなことがあっては断じてならぬ」

「それは忠義を尽くすに足る主家であって初めて云えることではありますまいか。北条家はここ十年の間に国政も軍事も左前になってしまいました。その主家が狂馬の如く滅亡に向かって突っ走ろうとするのを誰も止めることができぬのなら手綱を断ち切るより他ありますまい」

氏直に秀吉への臣従を勧める家臣がいる中、憲秀は強く反対し籠城策を主張してきたことから、この言葉は憲秀自身に向けられたものとも云える。それだけではなく新六郎は氏直に対して未だに恨みを懐いているようだった。


憲秀は新六郎を持ち場に戻した後、独りになって今後のことを考えた。

（北国勢の前田、上杉、真田勢が侵攻してきたということは上野国の支城が一掃されたということだ。その上、武蔵の松山城、江戸城、河越城まで落ちたとは。これらの情報が味方からではなく敵方から入ってきたということは我らが誇る情報網がすでに断たれたということになる。何より北条一族の支柱とも云える氏勝が豊臣の軍門に降ったということは一国を失った以上の痛手だ。こんなことならこの城への入城を強いることなどせず玉縄城での交戦を認めておくべきだった。氏勝が降伏したと知れば支城の諸将の戦意は一気に萎えることだろう。ご隠居様は関白の申し入れを拒絶されたが、援軍の望めない籠城をこのまま続けても櫛の歯が抜け落ちていくように投降する者が出てこないとも限らない。わしが籠城策を唱えてきたのは豊臣軍の兵糧がやがて尽き撤退することを見込んでのことだったが、その目論見は見事に外れたよう

じゃ）

憲秀は今、北条氏を存続させるために何をすべきか決断を迫られていた。憲秀は秀吉の策に乗るまいとあがきながらもいつの間にか見えざる力によってその策に引き込まれていくような不気味さを感じていた。

（わしの使命は五代続いた北条氏の存続だ。降伏をあくまで拒むご隠居様だがこのままでは北条氏存続は危うい。籠城策によって豊臣方の攻勢を躱しこの難局を乗り切ろうとしたがその望みは限りなく薄くなった。その咎は我にあり万死に値する。ここは我が身に代えても北条氏存続の道を探らねばならない。とはいえ関白はとても受け入れることのできないような条件を出してくる）

憲秀は氏政と秀吉の板挟みになり進退窮まる中、苦渋の選択を迫られた。憲秀が堀秀治と密かに連絡を取ったのはその日の深夜のことだった。

（3）

小雨の降る六月十四日憲秀は長男新六郎はじめ嫡男左馬助、三男弾三郎と内藤左近、憲秀の従弟松田康郷を湯本口の陣所に集めた。康郷は山中城城主松田康長の実弟で城の守りについていたが、落城したことで氏勝と共に城を落ち小田原へ戻っていた。かつて上杉謙信率いる軍勢を撃破したことから赤鬼と異名を得る武将だ。八日に秀吉が和睦を持ちかけてきたものの氏政が手厳しく拒絶したということを彼らも耳にしていたのでいよいよ城から打って出る日が来たという高揚感が漲っていた。その中で新六郎唯一人冷静だった。憲秀は一同に目を向けた後、おもむろに口を開いた。

「上方の軍が小田原に攻め寄せてきてから早二ヶ月半になる。二十余万の敵を前にして一歩も引かず城を守り通してきた皆に改めて礼を申す」

「いやいや、戦いはこれからじゃ、西国の者たちは長陣に厭いて戦意も落ちてきているはず。箱根の関の雪辱を何としてでも果たさずにはおくものか」

康郷は意気込んで戦意を露わにした。それに頷きながら憲秀は言葉を繋げた。

「したが今や関白の威徳は海内を覆い尽くしている。叛く者は朝敵となり逆臣の汚名を被ることとなってしまった。それ故か同盟を結ぶ安房の里見も離れてしまった」

てっきり城から打って出る話になると思って集まった一同は話の意外な展開に互いに顔を見合わせた。なおも憲秀は話し続ける。

「関白の武威は既に関東・奥羽に及び周辺の国はこぞって我らの敵になったことでこのままでは北条一族の滅亡は避けられぬところまで来た。ここに至りながらもなお抗おうとするは天意に叛くこととなろう。大局を見ずして小事に拘るは匹夫の仕業で決して良将の成すべきことではない。今や関東の国人たちは関白の威光の前に皆ひれ伏し、祖先の跡を絶やさず子孫に後栄を期そうとしている。したがご隠居様は和睦を頑なに拒みお館様もこれに倣っている。籠城を主張してきたわしが今更和睦を諫言したところでお考えを改めることはあるまい。したがこのままでは北条一族の滅亡は避けられぬ。そうなれば多くの血が流され罪なき領民が塗炭の苦しみを味わうこととなろう」

こう云って憲秀は一旦言葉を切った。一同は戸惑いながらも憲秀が次に何と云うか固唾を飲んで見守っている。

「それ故この憲秀、断腸の思いで関白殿下の意に従い城を明け渡すこととした」

憲秀の言葉に対し皆、一斉に驚きの声を上げた。

「何を仰せられる！　気でも触れたのか！」

康郷が吼えるような声を発した。それは無理からぬことだった。山中城を落とされ小田原城に戻ってからは、その雪辱を果たすことだけに執念を燃やしていたのだ。

「最後まで聞かれよ、これは決して我が身の為のことではない。実は関白から内々にこのような文が送られてきた」

こう云って憲秀は秀吉からの文を広げ康郷に示した。それは氏直宛の内書の写しとして新六郎が受け取ったものだ。そこには『開城すれば伊豆、相模両国を安堵する』と書かれている。

「また堀秀治殿を通しお館様とご隠居様の身の安全も図ると云っておられる。したがこのことをお館様に打ち明けたところでご隠居様の反対にあい破談となるのは目に見えている。相模、武蔵両国の安堵ですら受け入れなかったご隠居様じゃ。伊豆、相模であればなおさらであろう。したが籠城したところで敵の兵糧が尽き撤退するということが望めなくなった今、このまま手をこまねいていれば一片の地も残らぬどころか多くの将兵の命をいたずらに失うことになる。であればたとえ裏切り者との誹りを受けようとも身を捨て関白の示された和睦を受け容れるよりほか北条一族の滅亡を防ぐ手立てはない。和睦が成立した暁には松田家に与えるという伊豆、相模両国はお館様に治めていただく。それらの国は早雲公以来北条氏所縁の地じゃ。ここを拠点としてまた新たな繁栄を築いていけばよい」

「確かに関白の花押がある。したがどのようにしてお館様とご隠居様の身の安全を図るというのですか」

「我らが守る湯本口の城門を開ければ堀秀治、細川忠興、池田輝政ら三千の兵が押し入ってくる。そのとき我らは城内の者たちの抵抗を抑え、その間に寄せ手は速やかにお館様とご隠居様の身を確保する。さすれば抗う者は出ないだろう」

「それは関白もご承知なのですか」

「無論じゃ」

懸念する康郷に対し憲秀はきっぱりと言い切った。

そのとき左馬助が憤然として声を発した。

「何と恐れ多いことを申されるのか、父上のお言葉とも思えません。某は到底納得いたしかねます」

いつもは物静かな左馬助が珍しく上気した顔で訴えた。

「籠城策を誰よりも強く訴えてきたのは他ならぬ父上だったではありませんか。そもそも松田家は早雲公以来北条家の股肱の臣としていかなるときも険阻苦難を共にして関八州を統治する今一歩のところに至ったのです。代々北条家から受けたご恩は他の者ならいざ知らず、松田家だけは決して忘れてはならぬはず。重恩を受けた身が君危急存亡の期に一族あげて敵に通じるようなことをすれば九仞(きゅうじん)の功を一簣(いっき)に虧(か)くこととなり、不義不忠の汚名を天下に晒すこととなりましょう。たとえお館様とご隠居様のお命を守り、伊豆、相模の地をお渡しすると云ったところで誰が信じましょう。松田家は主家を裏切った不忠の臣として後世までその汚名を残すことになるに違いありません。主君を裏切るような浅ましいお考えは直ちに捨て去り関白の書をお館様に差し出すべきです。籠城したのは如何に大軍が押し寄せてこようとも、断じて屈しないという覚悟によるもの。その先頭に立つべき者が我ら松田一族ではありませんか。その上で城を枕に討死したなら『天晴忠義の臣』として後世までその名を残すこととなりましょう。どうか不義不忠となるようなお考えは直ちにお捨てくだされ」

　左馬助は氏直の小姓で寵愛を受けていたことから北条家への裏切りととられるようなことには真っ向から反対するのも無理はなかった。左馬助にとってたとえ伊豆、相模二ヶ国を安堵すると云われようとも主君氏直の了承がない限り、それを無断で受け入れるのは裏切りとしか云えないと思っているようだ。

「一旦、門戸を開き敵を城内に引き入れて後、一人でも狼藉を働く者が出ればたちまちのうちに斬り合いが始まるのは必須です。そうなればお館様やご隠居様のお命をどうしてお守りすることができましょう。それでも父上は敵を城内に引き入れると仰せなのですか」

　左馬助が案じていることは憲秀も同じだった。寄せ手を城内に導き入れることの危険性は憲秀自身十分承知している。しかしそうせざるを得ないところまで追い詰められているのだ。これは偏に自分に責任があると自覚している。二十万を超える豊臣軍に対して五万の北条軍では正面切っての戦いに勝算は無い。かといって野戦を挑みたとえ局地戦で勝利を得たところで味方の戦力の消耗も大きくなり長く持ちこたえることはできない。

憲秀は箱根の関を固く守り小田原城に籠城することが最善の策として強く主張してきた。ところが難攻不落と思われていた山中城は僅か一日で落とされた。『大軍に兵略なし』というが想定を遥かに超える大軍によって力攻めされ氏勝をはじめとする四千近くの精鋭も持ちこたえることはできなかったのだ。その後上方勢が箱根を越え小田原城下に侵攻してくるのを防ぐため自ら一万五千の兵を率い強羅宮城野口で迎え撃ったものの、その勢いを止めることができず押しまくられた挙句、小田原城へ逃げ帰るという醜態を晒してしまった。このときの豊臣軍の勢いを肌で感じた憲秀は、これまで以上に籠城策に固執するようになった。しかし籠城策をとっている間にも孤立した支城は次々と落とされ犠牲者が増えるばかりだ。憲秀はこれまで評議の場では敵の隙を突き城から打って出て華々しい勝利を得た後、和睦を持ち掛けようと主張してきたが、二重三重に囲まれた城から打って出れば二度と戻れなくなるのは分かり切っている。それでも尚、機を見て敵の隙を突き城から打って出ると主張してきたのは野戦を避け籠城策に徹するための方便と云えた。齢六十一となる憲秀の額には三本の深い皺が刻まれているがその皺が一層深くなったように見えた。

（事ここに至ったのは偏にわしの責任じゃ、この場において反対の声が上がり事が成らずば自害するまで）

こう思った憲秀は絞り出すような声で云った。

「この策は決して松田一族のためのものではない。あくまで北条一族を思ってのことだ。したがこの中の一人でも同意できぬ者がいればこの一件、成就は叶わぬ。ならば命を長らえたところで詮無い」

こう云うや脇差に手を掛けた。驚いた新六郎が咄嗟に飛び出しその手を押さえた。そして血相を変えて左馬助を睨みつけた。

「父上は我らのことを思い身を捨てて大事を成そうとされているのだ。その心も分からずそなたは反対するというのか。これを不孝不義と言わずして何と言おうか！」

父憲秀の手を掴んでいなかったなら己の脇差を抜き放ち左馬助に斬ってかからんばかりの剣幕に、その場に居合わせた者は皆立ち上がり二人の間に割って入った。激昂する新六郎を前にこのままでは松田一族が分裂しかねないと察したのか左馬助はこれ以上反論することを控えた。

「父上がここまで思いつめ決断されたとは思いも寄りませんでした。某はただ父上が裏切り者として誹られることを案じて申したまで。父上の仰せに何で違背いたしましょう」

左馬助の言葉に憲秀は苦し気な顔で頷いた。新六郎は疑いの色を隠さずにいたが、父に促され元の席に戻った。

「わしの考えに異存のある者は他にいるか、この際じゃ、遠慮なく申せ」

気を取り直した憲秀はそう云って一同を見渡したが康郷はじめ反対する者は誰一人としていなかった。


荒れに荒れた評議がようやく終わりに差し掛かったところで左馬助が云った。

「度々愚存を申すのも恐れ多いと存じますが、かかる大事を成すには吉日を選ぶことが肝要かと存じます。明日は『不成就日（ふじょうじゅび）』なれば明後日の十六日に決行するのが良かろうかと存じますが」

新六郎はまた左馬助が意に反するようなことを言い出すのではないかと険しい目で睨んでいたが、憲秀はすぐさま同意した。

「如何にも、左馬助の申すこと、尤もじゃ」

憲秀の一言で皆、決行については一日繰り延べすることに同意した。このことは新六郎によって密かに堀秀治へ伝えられた。

評議は亥の刻には終わり、それぞれの寝所に戻った。その日左馬助は気分がすぐれないと云ってすぐさま床に就いた。新六郎は警戒心を緩めることなく寝所の外に見張りを付けた。その夜左馬助は厠に立つこともなく寝入った。ただ翌日の用意として本丸に置いてある鎧兜を取り寄せるため具足櫃が本丸に運び込まれただけだった。

(4)

深い眠りについていた氏直が小姓の声で目を覚ましたのは深夜のことだった。

「すわ！　豊臣方の夜討ちか！」

床の上に身を起こした氏直は左馬助が目通りを願っていると告げられた。不審に思いながらも他でもない寵愛してきた左馬助のことなので目通りを許した。羽織を掛け居間に入るとそこには平伏している左馬助の姿があった。左馬助は家中の者に本丸に置いてある鎧兜を取ってくるよう具足櫃を運ばせたがその中に身を隠し本丸まで運び込まれてきたのだ。

「この夜中に何事か」

「恐れながら一刻も早くお知らせしたき義があり、無礼とは存じながら参上いたした次第にございます」

「他ならぬ左馬助の申し出じゃ、構わぬ、遠慮なく申せ」

左馬助は絞り出すような声で語りだした。

「君に忠を尽くさんとすれば親に不孝の罪深く、親に孝を致さんとすれば君に不忠と相なります。この左馬助、進退ここに極まりこうして参上いたした次第にございます。お慈悲により如何なることがあろうと父と兄の命をお助けくださるのなら、お館様に何事も包み隠さず申し上げます」

氏直は左馬助の様子にただならぬものを感じた。

「そのように申すからには大事に違いあるまい。忠義者のそなたの申し出じゃ、聞き届けよう。何なりと申せ」

氏直に促された左馬助は秀吉から内応すれば伊豆・相模二ヶ国を憲秀に与える旨の密書が届いたこと、それに対して憲秀が北条一族の身の安全が図られるのであれば開城に応じると答え、十六日深夜に湯本口を開き寄せ手を引き入れるばかりとなっていると告げた。無論二ヶ国は氏直に治めてもらう考えであることも告げた。

「ご隠居様は関白からたとえどのような申し入れがあろうとも応じることはないと判断した父憲秀がお館様を思って下した決断であり、万が一にも叛心からではございません」

左馬助の話を聞いた氏直は一瞬目が眩むほど動転した。

「して関白からの密書を受け取ったのはいつのことじゃ」

「今月八日のことです」

それを聞いて氏直は思わず唸り声を発した。八日といえば氏直の許に秀吉からの密書が届いた日だ。

（関白はわしに和睦に応じれば伊豆・相模二ヶ国を安堵すると云ってきた。それと同時に憲秀の許に裏切りするよう迫っていたとは。さらに翌日には正式な使者として黒田と滝川を遣わし和睦を勧めてきた。一体関白の本音は何処にあるのか）

氏直の頭は少なからず混乱していた。

（こんなことなら関白の密書の件を憲秀に相談しておくべきだった。さすれば関白が憲秀にも書付を送っていたことが自ずと分かったことだろう）

氏直はこう悔やみながら左馬助に目を向けた。

「今一度そなたに問う。憲秀が関白の誘いに応じようとしたのは叛心からではないと申したが、その証はあるのか」

「父憲秀は相模、武蔵の安堵を条件に和睦を迫る関白殿下の申し出を拒まれるご隠居様が伊豆、相模両国の安堵を条件とする開城に応じるはずもないと考えたのです。したがここで妥協しなければ取り返しのつかない事態になると考え開城を条件に北条一族の助命を申し出て、関白殿下もそれに同意されました。父の真意は安堵された伊豆、相模をお館様にお渡ししその地を改めて治めていただくことにあります。それを聞き我ら一同もこれは謀叛ではないと納得し同意したのです。父憲秀はこのことがご隠居様のお耳に入れば成就しないと考え心ならずも隠密裏に事を運ぼうとしております。とはいえ某はお館様に小姓として長らくお仕えしていた身、お館様に打ち明けることなく決行するのは恐れ多く、こうしてまかり出た次第にございます」

氏直は左馬助の言葉に大きく頷いた。

「そなたの忠義はいつの世にか忘れるべきか、願いの趣は一々聞き届けた」

こう云って事の次第を漏れなく打ち明けた左馬助に感状を下賜した。

左馬助を下がらせた後、氏直はこのことを父氏政に打ち明けるべきかどうか迷った。

（父上は長年にわたり憲秀を信頼し政務を任せてこられた。その憲秀が父上やわしに何の相談もなく豊臣方と通じている。左馬助は憲秀には叛心はないと云っていたが、果たしてそうと云えるのか。また伊豆、相模の安堵と引き換えに開城に応じるというが、まだ負け戦と決まったわけではない。何より父上が納得なさるとも思えない）

氏直は憲秀が自分や父氏政に何の相談もないまま豊臣方と取引をしたのは、相談したところで埒が明かないと見切ったうえでのことだということを薄々感じてはいた。たとえ父氏政に相談したところで和睦を受け入れることは万が一にもない。とはいえ父に無断で事を進めるのは憚れる。氏直は思案の末、如何にも彼らしい判断を下した。夜明けを待って父氏政に逐一報告したのだ。これを聞いた氏政は血相を変え激怒した。そしてすぐさま憲秀に出仕するよう使者を走らせた。

氏直からの呼び出しは軍評のためと思ったのだろう。憲秀はすぐさま本丸に出仕してきた。憲秀は左馬助が氏直に訴え出たことを未だ知らずにいる。その頃、松田陣営では新六郎に命じられ寝ずの番で見張りをしていた若党が左馬助の姿がないことに気付き大騒ぎとなっていた。


呼び出された憲秀の前に現れたのは氏直でも氏政でもなく氏照と江雪斎の二人だった。不審な表情を浮かべる憲秀に対し氏照は厳しい表情で詰問した。

「その方が敵に通じ逆心を抱いていると訴え出た者がいる。歴代恩顧の身でありながらいかなる理由で重恩を顧みず叛心を抱いたのか包み隠さず申せ」

思いも寄らぬ氏照の言葉に憲秀は一瞬驚きの色を見せたが、動じることなく笑い声をあげた。

「これは思いも寄らぬことを申される。かつて武田信玄との戦いの折にも某が甲州へ内通しているかのような雑説が流れてきたことがありましたが、間もなくしてそれが根も葉もないことだと判明したことがありました。此度も味方を離間させるための風説を流し、主君をたぶらかそうとしている輩がいるに違いありません。このような流言を信じ我ら忠臣を疑うようなことがあれば、家臣の間に疑心を生じさせることとなり、その隙を敵に突かれる元となりましょう。陸奥守殿は誰とも知らぬ者の申すことをお信じになるのではありますまいな」

　憲秀は氏照を諭すように弁明した。それを聞いた氏照はますます怒りを露わにした。

「その方、巧言をもってその咎を逃れようとしているのであろうが、その方の陰謀を注進してきた者がいる限り言い逃れはできぬぞ」

「さて、いったい誰がそのようなたわけたことを申し上げたのか、その者を某の前に引き出してくだされば事の真偽はすぐさま明らかとなりましょう」

「ほざいたな、聞いて驚くな」

　こう云って氏照は憲秀を睨みつけた。豊臣軍に対して野戦を主張していた氏照だったが憲秀の反対によって籠城を余儀なくされ、今では全く動きが取れなくなったことに対しての恨みが一気に噴き上げてきたのだ。

「その者は汝が倅、左馬助ぞ！」

　氏照はとどめを刺すように言い放った。これを聞いた憲秀は思わず目を見開き信じられないというような顔になり身を硬直させた。昨夜、憲秀の策にはじめは反対していたものの、最後は同意し心を一にしたはずの左馬助の名が出てくるとは思ってもいなかったのだ。さすがに憲秀も一瞬口ごもった。間髪を入れず憲秀の前に五人の屈強な者たちが飛び出してきてたちまちのうちに絡め捕ってしまった。その頃松田陣営においても氏直に命じられた兵が新六郎と弾三郎を捕らえに走っていた。

六　露見

(1)

　氏政は憲秀こそが股肱の臣として信頼し切っていただけにその裏切りに対する怒りは尋常ではなかった。憲秀は何度も釈明の機会を求めたがついに許されることはなかった。

「裏切り者をこのままにしておいては城内の者たちの士気を落とすだけだ。直ちに打ち首にして見せしめとしてその首を城門に晒されよ」

　氏政は氏直にこう迫った。

「この一件は左馬助が親兄弟の命を助けるのなら包み隠さず話すと訴え出たことによって裏切りが露見したのです。その願いを受け入れた以上、憲秀を成敗することはできません」

「何を生ぬるいことを云っておる。このような大逆を許すようなことがあっては綱紀が乱れるばかりとなろう」

「いえ、左馬助との約束を違え憲秀の首を打つようなことをすれば今後、訴え出る者がいなくなります。憲秀の首はいつでも打てます。したが今はそのときではありません」

この時ばかりは珍しく氏直は父氏政の言葉に従わなかった。

城内でこのようなことが起きていることを知らぬ寄せ手の堀秀治、細川忠興、池田輝政の三将は翌日約束の刻限より二刻も早く湯本口に詰め言葉を交わすこともなく時が過ぎるのを待った。この策がうまく運べば戦況は一気に変わる。陽が沈み夜の帳が下り辺りが闇に包まれていく。小田原城内は明々と篝火（かがりび）が焚かれた。一方、秀治陣営はいつもより篝火の数を減らしひっそりと時の経つのを待っていた。やがて子の刻となり約束の時刻が近づいてきた。寄せ手に緊張が漲る。そしてついに丑の刻となった。松田陣営から火の手が上がれば一気に城門に詰め寄り城内に駆け入るばかりだ。ところが松田陣営はひっそりとして一向に合図の火の手が上がらない。張り詰めた緊張感の中、秀治はじりじりとしながら合図を待った。しかし約束の刻限から半刻が経っても一向に動きがない。

「堀殿、これは如何なることか、松田にはしかと伝えてあるのでしょうな」

細川忠興が持ち場を離れてやって来て苛立ちを隠すことなく尋ねた。

「無論のこと、今少し待たれよ、必ず合図がある」

秀治は平静を装いながら答えた。しかし心中は穏やかではなかった。合図の無いままとうとう白々と夜が明けてきた。朝もやの中、辺りの様子が次第に明らかになっていく。湯本口の城門内の軍旗が浮かび上がる。秀治はその旗を見て思わず「アッ！」と声を上げげた。なんと旗印が二重直違いの松田家の紋ではなく三つ鱗の北条家の紋に替わっていたのだ。秀治はこの時初めて憲秀の内通が北条方に露見したことを知った。細川忠興と池田輝政が駆け寄ってきた。

「堀殿、これは如何なることじゃ、松田が心変わりしたということか」

城に一番乗りしようと手ぐすね引いていた忠興は歯ぎしりしながら詰め寄った。

「それは当方にも分からぬ、松田は関白殿下にも誓詞を差し出し内応を誓ったが、そのことが北条方に漏れたやもしれぬ」

血相を変え秀治に迫る二人の前に立ちふさがるようにして家老の直政が答えた。そこへ黒田官兵衛が杖をつきながらやって来た。その官兵衛も戦支度をしている。秀吉の命で度々北条方と接触してきた彼も又後詰として城に攻め入る手はずになっていたのだ。官兵衛は城内の軍旗が入れ替わったことですべてを察したのか皮肉な笑みを浮かべて忠興に云った。

「細川殿、どうやら命拾いされましたな」

「何を申すか、我らが下手を打ったとでも云われるのか」

忠興は手順が狂った苛立ちを官兵衛にぶつけるようにして声を荒げた。

「いやいや、わしは北条方に知略のある者が一人としていないと申しているのじゃ」

「それは如何なることじゃ」

「松田憲秀の内応はすんでのところで露見したのであろう。したが北条は何の手も打たなかった。わしが北条方の者であったらそのことを隠し伏兵を潜ませたうえで寄せ手を城内に引き入れ、悉く討ち取って反撃の狼煙としたところじゃ。そのような知恵を働かす者が北条方にいなかったことが細川殿たちに幸いしたと申しているのじゃ」

「それこそ余計な心配というものじゃ。我らとて万が一のことを考え城に入るのは一千とし、残り二千は城門に留め中に捕りこめられぬよう段取りをしておったわ」

「ハハハッ、それでこそ細川殿、考えていることは同じのようじゃ。それにしてもこのような無策の北条から松田までもが除かれたとなれば、あとは赤子の手をひねるようなものじゃ」

官兵衛は愉快そうに笑った。そして急に真顔になるとこんなことを呟いた。

「これでまたわしに出番が回ってきそうじゃ」

こう云って杖をつきながら自陣へ戻っていった。


その日の夜、官兵衛は松田憲秀内通の件を矢文にして城内に立て続けに撃ち込んだ。憲秀の敵方内通については伏せておくよう厳しく命じていた氏直だったが、これによって憲秀に裏切りがあったことが瞬く間に知れ渡った。城内はにわかに騒がしくなった。何しろ筆頭家老の憲秀が豊臣方に内通していたことが明らかになったのだ。無論城内の将兵には憲秀の真意が分かるはずもない。後の世に言われる『小田原評定』とは議論ばかりして一向に結論が出ない評議のことを指すが、これまでに憲秀は意識してそう仕向けていた節がある。三方の陸と南側の海を何重にも囲まれている以上、城を打って出たところで万が一にも活路を見いだせるものではなく玉砕するだけだ。支城が次々と落とされていく中、北条氏に残された道はあくまで籠城を続け秀吉があきらめて退却するのを待つか、あるいは受け入れられる範囲の和睦条件を示してくるのを待つしかない。領国の割譲による和睦には断じて応じようとはしない氏政がいる限り何の進展も図れない中、憲秀が家臣団をまとめていこうとすれば結論の出ない軍議を続け時を稼ぎ、何かの拍子で事が好転することに望みを託すしかなかった。しかしその憲秀も裏切り者として捕らわれの身となってしまった。憲秀を欠いた北条家はその後、舵を失った帆船のように迷走していくこととなる。

黒田官兵衛が松田憲秀裏切りを知らせる矢文を城内に放った二日後、秀吉の許に籠城している忍城城主成田氏長から内応する旨の書が届けられた。武蔵国の忍城は城将成田長親が石田三成らの攻撃に屈することなく守り続けていたのだが、城主氏長が降伏の意を表明したのだ。皆川広照のように離反する者が出るだけでなく籠城する中で降伏を申し出る将が出てくるということは小田原城内の士気が落ち、すでに死に体となっていると云える。秀吉は氏長からの文を家康に見せ氏直に開城を迫るよう求めた。家康も秀吉の意を汲み氏直宛文を書いた。

『京勢の大軍を相手にこれまで一歩も引かずにきたことは誰もが認めるところ。とはいえ関八州の城は悉く降参し、小田原城に籠る諸将も次々と関白殿下に内通してきていることからこれ以上傷が深くならぬうちに関白の軍門に降り本領を安堵し祖先からの家名を失わぬよう図るべきと存ずる。これによって北条家の名が損なわれるようなことは万が一にもないといえよう

家康（花押）』

左京太夫殿

今和睦に応じれば北条氏として面目が立つ範囲の本領安堵はあり得るという内容だ。家康はこの文に成田氏長の書を添え内々に氏直の許へ送った。家康からの文を受け取った氏直だったが何よりも味方であるはずの成田氏長が豊臣方に内応したことに驚かされた。

（氏長の忍城は城将長親の働きで豊臣方の猛攻を退け未だ士気も落ちていない。にもかかわら

ず城主である氏長が敵方に内応したということは我ら北条が敗北すると見越してのことに相違ない)

こう思うと氏直の心中は穏やかではいられなかった。今の氏直は氏長内応の事実を冷静に受け止めそのうえで手立てを考えるということが最早できず直ちに父氏政に打ち明けた。ここが氏直の長所でもあり欠点でもある。一族間の意識の齟齬を生じさせるようなことはないが、腹芸を施すようなこともない。これによって家康の筋書きは脆くも崩れ去った。

氏直から成田氏裏切りを打ち明けられた氏政の怒りは頂点に達した。それでなくとも憲秀の違背に心中をかき乱されていたのだ。

「城を守るべき者が敵に内通し降伏を申し入れるとは言語同断。直ちに氏長の首を打ち戒めとなされよ」

氏政は血走った目に怒りを込め氏直に迫った。父氏政に相談を持ち掛けたものの、さすがに無条件に父の考えに従うことはできない。

「確かに氏長は不届千番ですがここで成敗するようなことをすれば他の者たちの動揺を招くことにもなりかねません」

「では如何なさるおつもりじゃ」

「ここは氏長が軽挙妄動に走らぬよう監視し動きを封じ込めておくべきかと存じます」

こう云って氏直は氏政の怒りを鎮め直ちに八千の兵で氏長陣営を取り囲んだ。これによって敵方に向けるべき兵力が味方の監視に向けられ北条軍はますます弱体化することになった。松田憲秀の内通が露見して以降、小田原城内は浮足立ち士気も上がらなくなってきている。三方が上方勢の旗で埋め尽くされ海上には大小二百を超える船が集結している。小田原城は四方を見渡せる場所に築かれているだけにおびただしい数の上方勢は嫌でも目に入ってくる。それらの大軍は日々圧力となって神経を消耗させる。その上昼夜を問わず威嚇の砲撃が行われる。城内からもそれに応じて威嚇砲撃をするが、それをあざ笑うかのように数倍もの砲撃が返ってくる。

（2）

これまで政務全般を取り仕切っていた憲秀に代わる者は現れない。憲秀は良くも悪くも北条氏の命運を担う存在であったのだ。憲秀はしきりに弁明の場を設けるよう訴えたが氏直は父氏政の手前もありそれを許すわけにはいかなかった。軍議では城を打って出て少しでも戦況を有利にしたうえで和睦に持ち込むべきと主張していた者たちもそれ以来鳴りを潜めるようになっていた。憲秀を欠いたことによって交戦を主張すれば最早それを止める者がいない。このことから却ってうっかりしたことは言えなくなったのだ。

そんな中、小田原城の北面に位置する久野口を守備している氏房が深刻な顔をして本丸へやって来た。氏房は氏直の腹違いの弟にあたる。

「お館様、お知らせしたき義がございます」

氏房の表情に尋常ならざるものを感じた氏直に不吉な予感が走った。

「岩付城が落城した由にございます」

「なに、岩付城が、それはまことか」

「はい、葛原三右衛門が知らせにまいりました。城将の伊達房実は城兵と女子供の命と引き換えに城を明け渡したそうにございます」

武蔵国において鉢形城と忍城は交戦中と聞いているが、この二城より小田原に近い岩付城が落ちたとなると小田原城は一層孤立を深めることになる。

「三右衛門はどのようにして豊臣方の囲みをかいくぐってきたのじゃ」

「徳川殿の計らいによるものです。十四日には鉢形城も落ちたことをお館様に伝え、これ以上の深手を負う前に和議を結びお家存続を図るようにと遣わされたのです」

「なに、鉢形城までもが」

　鉢形城は谷を刻む深沢川と荒川が合流する断崖の上に建てられた難攻不落の城と言われかつては上杉謙信や武田信玄らの攻撃にも屈することのなかった城だ。此度の豊臣方の攻撃にも氏邦の指揮の下、二ヶ月にわたり耐えてきた。

「信じられぬ。川の対岸からは鉄砲玉も届かぬはず。一体何があったというのじゃ」

「それが大道寺政繁と難波田憲次が敵方の案内役となって城の大手口に続く裏道を教えたようで、さすがの氏邦様も防ぎきれなかったようにございます」

「なに、大道寺と難波田が敵方に加担しただと！　それはまことか！」

　氏直の目が宙を泳いだ。大道寺政繁と難波田憲次はこれまでに多くの戦功を挙げてきた武将ということは誰もが認めるところだ。特に大道寺家は早雲の代から仕えてきた歴代の家臣だっただけに氏直の驚きは一様ではなかった。

「して叔父上は？」

　我に返った氏直は氏邦の安否を尋ねた。

「城中の者たちを助命するなら城を明け渡すと申され、それが受け入れられて後、僧体となって青竜寺に入られましたが関白の命で今では氏勝同様、寄せ手の案内役を担わされているとのことです」

　氏直は呻くしかなかった。金城鉄壁（きんじょうてっぺき）と思われた武蔵国の岩付城と鉢形城が相次いで落ちたのだ。氏直は援軍を送ることのできない北条側と兵の補充が十分に図れる豊臣方との力の差を見せつけられた思いだった。

「これが妻からの文にございます」

こう云って氏房は懐から一通の手紙をとり出し氏直に差し出した。氏直は動揺を隠せぬまま震える手で受け取った。

『一筆参らせ候。日夜のお気遣い　軽ろからぬ御ことにこそ存じ参らせ候。この地のこと、おびただしき上方勢向かい来て危うく見え、いかなる憂き目に逢うやもと心配しておりましたところ、年寄りどもの才覚で本丸を渡し自らなどは三の丸に押し込められましたが無事でおりますので御心やすく思し召しくだされ。されども未だにどうなる身なのか分かりません。貴方様は急ぎ秀吉将軍様へ御味方なされてくだされ。さもあらぬ程なれば、攻め立てられた挙句、重い罪を科せられることとなると聞き及んでいるので心配でなりません。もしも城中に閉じ込められている者たちを哀れに思し召され、義理とやらの武士（もののふ）の道に違うことがないのであれば、この者たちの命を助けてくださりませ。詳しきことは葛原を通して申し上げることといたし、筆をとどめ参らせ候かしこ

岩つき三の丸にて　　小少将（こしょうしょう）

おもと人の中まいる』

氏直は文を手にしながら冷たい汗がこめかみを伝わって落ちるのを感じていた。このまま籠城を続けるなら鉢形城に捕らわれている氏房の女房はじめ諸将の妻子の命はどうなるか分からない。

「城明け渡しについては説得に応じ降伏した者は誰もが咎められることなくすべて豊臣方に組み込まれたそうです。また徳川殿は女房どもの文を小田原城に籠城している家人へ渡すことを許され、さらに北条が和睦に応じるなら八州は叶わぬといえども二、三ヶ国の安堵は叶うだろうと某に伝えるよう三右衛門に仰せになったとのことです」

家康が氏房を通して氏直にその思いを伝えたのは氏直に説いても氏政がいる限り和睦の道は開けないと見切り、腹違いの弟氏房を動かすことによって和睦の道をこじ開けようとしたのだろうと氏直は推察した。最早、氏直に選択の余地はなかった。しかし彼にとって最大の難関は父氏政を如何にして説得するかということだった。

松田憲秀の内通が露見した後、秀吉は黒田官兵衛と滝川雄利に命じ和睦交渉を再開させ和睦に応じれば武蔵・相模を安堵するという条件を改めて示した。その一方で八王子城攻略のため前田利家と上杉景勝・毛利秀頼・真田昌幸ら二万三千を動員した。秀吉は北条方に和睦の道を示しながらも攻撃の手を緩めるようなことは一切なかった。利家や景勝は上野の諸城を次々と落とし難攻不落といわれた鉢形城までも攻略したことで秀吉の覚えもめでたいに違いないと内心思っていた。ところが一言の労いの言葉も掛けられることなく息つく間もなく八王子城攻略を命じられたことに納得しかねていた。二人は秀吉の側近の大谷吉継に密かに尋ねた。すると吉継は、

「殿下は上野国の城や武蔵の岩付城や鉢形城を落とした勲功はしっかりとお認めになっておられましたが力攻めで落とした城が一つとしてないことがご不満のようです。せめて七、八のうち一城は攻め殺すようなことがなければ関東の諸家に示しがつかないと我らに語ったことがございました。それが『一張一弛の法』というものだということを仰せになりたかったのではないでしょうか」

それを聞いた利家と景勝はようやく腑に落ちた様子だった。

「『一張一弛の法』か。分かり申した。今度こそ関白殿下がご納得されるような戦いをご覧に入れよう」

二人はこう云い残すと直ちに八王子城攻めに向かった。そのことを吉継から聞いた秀吉は笑みを浮かべた。しかし将兵をけしかけるだけでないのが秀吉の秀吉たる所以だ。利家と景勝が

無理な戦いをしないよう軍監として木村常陸介をすぐさま派遣した。

一方官兵衛は氏政親子からの返事を待つことなく酒二樽と粕漬の魴(おしきうお)（カガミダイ）十尾を陣中見舞いとして氏直の許に贈った。自ら城に出向くことをしなかったのは、かつて織田信長に謀叛し有岡城に籠城した荒木村重を翻意させるため説得に向かったものの捕らわれの身となり一年もの間土牢に幽閉され生死の境をさまようこととなった苦い経験があるからだ。官兵衛の陣中見舞いに対し氏政親子から返礼として銀十貫目と火薬十貫が贈られてきた。火薬十貫を贈ってきたのは城内には未だ戦備品は十分にあるということを誇示するためともとれる。こうして相手の出方を見極めた官兵衛は大胆な行動に出た。刀を帯びることなく肩衣袴で小田原城に出向き氏政親子に対面を求めたのだ。豊臣方に内通する者が続出していることから士気を引き締めるため城に入るや否や首を刎ねられかねない状況の下、火中に飛び込んでいく官兵衛を豊臣方の誰もが固唾を飲んで見守っていた。

官兵衛の捨て身の来訪にそれまで頑なだった氏政も態度を和らげ本丸大広間での対面を許した。氏照や江雪斎ら重臣たちを従え氏政・氏直親子が官兵衛の前に姿を現した。官兵衛は平伏した。

「昨日は魚と酒の進物があったと聞いた。礼を云う」

まず氏政が口を開いた。

「海の幸に恵まれた小田原においては珍しいものではないでしょうが、鮖を好まれると聞き及んでおりましたのでお贈りさせていただきました」

こう云いながら官兵衛はさりげなく氏政の表情を窺った。

「ほう、誰からそのようなことを聞いたのじゃ」

「徳川殿にございます」

「徳川か……」

そう云って氏政は僅かに眉間に皺を寄せた。すると正面に座る氏直が勘兵衛に尋ねた。

「徳川殿は渋取口方面に陣を敷いているようじゃの」

「はい、徳川殿はかつて氏直様や氏政様と酒を酌み交わしたことなど懐かしそうに話しておられました」

「そうじゃ、以前、三島で両家が会合したことがあった。そのときは酒井(忠次)が海老掬いを踊り皆、腹を抱えて笑ったものじゃ」

それは家康が秀吉と和睦し妹朝日姫を娶ることになったときのことだ。家康は前もって同盟を結ぶ北条氏の理解を求めようと伊豆三島まで出向いた。敵対していた秀吉と和睦するにあたって北条氏の機嫌を損ねるようなことになれば以前交わした『遠江と西国が万が一戦になったとき北条は遠江に味方する』という約束が反古となり、家康は秀吉に取り込められかねなかっただけに北条氏に対してあくまで下手に出て機嫌を損ねないよう細心の注意払わなければならなかったのだ。その徹底ぶりは供をした酒井忠次、本多重次、榊原康政、井伊直政ら重臣たちにも浸透しており、以前、秀吉の使者に対して悪態をつき取り次ぎさえも満足にしなかった重次ですら借りてきた猫のようにかしこまり酒も飲まずに出てきた料理を時折箸でつつくだけだった。忠次もまたその頃ではめったに披露しなくなっていた海老掬いを踊って見せたのだ。

もしもこのとき氏直親子が秀吉の力は侮れないという意識が少しでもあったのなら会合後、秀吉への対応策を家康と共に練っておかなければならないところだった。ところが二人は秀吉の力を過小評価していたのか家康が秀吉と和睦せざるを得なかったことについては対岸の火事としか捉えていなかった。一方家康は小牧・長久手の戦いの時には一度として援軍を派遣してくることがなかった北条氏とはいえ何としてでも同盟だけは維持しようと努めた。

「その方、今日は羽柴に命じられ和睦を勧めに来たのであろう」

氏政は皮肉な笑みを浮かべて官兵衛に問うた。

「いえ、本日はあくまでも陣中見舞いとして参りました。新たに鮮魚も持参いたしましたので食していただければ幸いに存じます。これらを酒の肴として再び徳川殿と歓談する日が来た時には某も末席に加えていただければ幸甚に存じます」

「フフフッ、うまいことを申す」

氏政は少し打ち解けた様子となった。その後も官兵衛は和睦のことを口にすることはなかった。秀吉を『関白』といわず『羽柴』と呼ぶことで歩み寄る気持ちが無いことを察したのだろう。氏政・氏直親子は戦のことを忘れたかのように官兵衛と歓談した。そして官兵衛が退室する際に氏直は日光一文字の刀一振りと『吾妻鑑』を贈った。この『吾妻鑑』は後に官兵衛から家康に贈られることとなる。

(3)

氏政・氏直親子の許を辞した官兵衛は本陣の笠懸山へ向かった。秀吉は五月末には城普請の進む笠懸山に移り京より淀の方を呼び寄せていた。長陣になることを見越し諸将にも妻子を呼び寄せることを許したが、さすがにそれを真に受ける者はいない。北条方は秀吉が笠懸山に本陣を構えたことを未だ知らずにいる。笠懸山には本丸、二の丸の他に東西南北にそれぞれ東曲輪、西曲輪、南曲輪、井戸曲輪が建てられていた。井戸曲輪にある井戸は淀殿が化粧するための水を汲んだことから後に『淀殿の化粧井戸』と呼ばれるようになった。秀吉は本丸の本城曲輪に入っている。本丸は十間を超える高さに積み上げられた石垣の上に築かれとても急造の城とは思えない造りだ。城が完成したことで秀吉は上機嫌だった。

翌日渋取口に陣を敷く家康が秀吉の許にやって来た。

「北条方の敗北は最早目前に迫っております。周辺の城が悉く落ち小田原城が孤立したとき、案じられるのは討死覚悟で城から打って出る者たちが現れることです。松田憲秀が除かれた今、小田原城内には無謀な戦いを諫める者は最早いないでしょう。玉砕覚悟の兵を相手にするようなことになれば味方の損失も少なくはないはず。某が城に出向き和議を説くことも考えましたが、疑念深く自尊心の強い氏政は容易に某の言葉を受け入れることはありますまい。故に他の者に和睦の交渉を行わせ氏政親子に引導を渡すよう働きかけてみては如何でしょう」

「勝敗の行方が読めぬ者ほど始末に困るものはないが、氏政と氏直は親子揃ってそのようじゃの。かの信長公は形勢不利と見れば躊躇なく退却したものだが。武田勝頼はそれができず無理を重ねて家を滅ぼすこととなった。そして北条親子も同じ轍を踏もうとしている。誰の目から見ても勝敗は決しているにもかかわらず負けを認めようとしないのはただ足が竦んで動けなくなっているだけのことじゃ」

こう云ってから秀吉は少し間をおいて家康に告げた。

「それでは備前宰相（宇喜多秀家）から引導を渡すよう図らおう」

秀吉はすぐさま秀家を呼び寄せた。秀家は秀吉の寵愛を受け猶子となり豊臣一門の扱いを受ける当年とって十九歳の青年武将だ。秀吉としてはここで彼を表舞台に立たせようという親心があるのだろう。秀吉の命を受けた秀家は直ちに氏房を通して氏政・氏直親子に接触を図り南部酒と鮮魚を贈った。すると氏直から返礼として江川酒が届けられた。氏直に和睦に応じる気持ちがあると見た秀家は翌日、氏房が守る久野口近くの塀まで出向き声を掛けると氏房もまた矢倉に昇って応答した。互いに言葉を交わしているうちに氏房は二十歳前後の秀家に心を許すような様子を見せるようになってきた。氏房も二十五歳と若い。頃合いを見て秀家は氏房に云った。

「いつか御辺と酒でも酌み交わしたいものじゃ。早く氏政殿や氏直殿に和睦を勧め、弓を袋に納め本領を安堵されたうえで宴の席を設け、茶を点て蹴鞠を楽しみ太平を祝い合うことができればこの上ない喜びと存ずる。殿下にはこの秀家が執り申すこととといたそう。幸い其の方は駿河大納言の御縁者故、斡旋を申し入れられよ」

「御辺の申されること尤もと存ずる。このこと早速お館様にお伝えいたす」

鉢形城が落ち妻が捕らわれの身となっている氏房としては秀家の言葉はまさに渡りに船だった。

こうした和平工作が行われる中、事態は急変していく。その日、堅城を誇っていた八王子城がついに陥落したのだ。八王子城は氏照が小田原城に籠城したことで城主不在となっていたとはいえ徹底抗戦の姿勢を最後まで崩さなかった。豊臣方の案内役となっていた氏邦から開城の説得を受けたものの、

「城主氏照様の命であるなら兎も角、裏切り者の説得など聞く耳は持たぬ」

こう云って氏照の弟氏邦の言葉にすら応じることなく最後まで抵抗を続けついには壊滅したのだ。八王子城の城将の中で名将と誉れの高い狩野一庵と八条流騎法を伝え八州一の乗り手と謳われる中山家範についてはその名を惜しみ、命を助けたうえで自分に仕えさせようと考えていた秀吉だったが前田と上杉の兵が本丸に乗り込んだ時にはすでに二人とも自害し果てていた。

八王子城落城の知らせを受けた秀吉はすぐさま家康を呼び寄せた。家康が駆けつけてくると床几に腰を掛けた秀吉の横に据えられた台の上に二つの首桶が置かれていた。それは狩野一庵と中山家範のものだった。

「大納言はこの二つの首と生け捕った六十の者たちをどのように扱えば良いと思われるか。忠興などは北条方の戦意を挫くためにも生け捕った者たちの首を悉く刎ね、この首と共に小田原

城の門前に晒すべきと申すのだが」

「それは如何なものでしょう。かつて武田信玄の若かりし頃、小田井原の戦いにおいて討ち取った山内上杉方の首級数千を籠城する志賀城の前に晒し敵方の戦意を挫いたということがありました。したがこれは武田家を継いで間もない頃のことで己の力を敵方に誇示するためのものでございました。一方、関白殿下はこの国を治める天下人にあられます。ここは慈悲の心をもって相手を従わせることが何より肝要かと存じます」

「なるほど、してこの首級はどのように扱う」

「一庵と家範は共に人望厚き名将、最後まで北条家に忠義を尽くした敵ながら天晴なる武将として北条方に返すのが武士の情けというもの」

「そうか、大納言もそう思われるか。して六十の生け捕った者たちの扱いは如何考える」

「生け捕られた者たちの中には女子供が多く含まれていると聞きます。それらの者たちの一族も小田原城内に数多くいることでしょう。これらの者たちを門前に引き連れ城がすでに落ちたことを知らしめればよかろうかと。さすれば生け捕った者たちは決して殺さないという殿下の御慈悲が籠城する者たちにも自ずと伝わることでしょう」

家康の策を聞いた秀吉は大きく頷いた。

「さすがは大納言、まさにここは力攻めより慈悲の心を示すところと云えよう。明日、そのようにいたすよう取り計ろう。その前に北条方をアッと云わせておくとしよう」

「はて、それはどのようなことでしょう」

「ハハハッ、それは明日になれば分かること」

こう云って秀吉は上機嫌で家康を見送った。


翌朝、氏直は寝所の外が何やら騒がしいことで目を覚ました。すると小姓が慌ただしくやって来て襖越しに声を掛けてきた。

「お館様、お休みのところご無礼いたします。ただいま陸奥守様（氏照）がお見えになりました」

「なに、叔父上が？　何があったというのじゃ、敵方に何か動きがあったのか」

「天主でお待ちしているとのことです」

何やらただならぬ事態が起きていると察した氏直は襦袢に羽織を引っかけ天主に駆け上がると西側の見晴台に氏照の姿があった。氏照は早川の対岸にある笠懸山の方角に目をやり身じろぎもしない。そのまま氏直に目を向けることなく云った。

「お館様、あれを御覧なされ」

氏照に促されて氏直が朝もやの中の笠懸山に目を向けると思わず「アッ」と叫んだ。昨日まで緑に覆われていた山頂に忽然と城が現れたのだ。それは左右に羽を広げるような石垣の上に建つ城だ。曲輪らしき櫓も見て取れ小田原城の本丸にも引けを取らないような城構えだ。突然の城の出現に氏直は呆然として立ち竦んだ。まるで夢の中にあって上も下も分からないまま真っ暗な水底に引き込まれていくかのようだ。思いも寄らぬことが突然起こると驚くことすら忘れてしまうものらしい。

「これは一体何が起きたというのだ。昨日まであのような城は無かったはず」

「確かに城のようです。しかも石垣まで組まれている」

氏照は前方に目を向けたまま答えた。

「ご隠居様にはお知らせしたのか」

「只今こちらに向かっていることでしょう」

こんな時でも氏直は父氏政のことを口にした。氏政は本丸の北側に建てられた新城を拠点としているので駆け付けるには時間がかかっているのだ。城内はまるで洪水に見舞われたかのように少しでも高い所へ上がって笠懸山の山頂に現れた城を見ようとする将兵たちでざわめき立っている。

「これは天狗の仕業か？　一夜にしてあのような城を築くとはとても人間業とは思えぬ」

「笠懸山山頂には社（やしろ）すらなかったはず」

「これが関白の神通力というものか」

「いや、これは幻にすぎぬ。陽が昇れば跡形もなく消え去るに違いない」

　城内では様々な声が飛び交っていた。


　秀吉は前日、家康が自陣に戻った後、小田原城に面する東側の木々に切り込みを入れさせておき夜明けとともに一斉に切り倒し、笠懸山山頂に築いた城の全貌が姿を現すよう演出を施したのだ。遠目ながらも石垣の上に築かれた本丸と左右二つの櫓がはっきりと望める。石垣は優に十間以上もあろうかという高さで小田原城から見上げる位置に築かれていることからその威圧感は一層増すことになる。やがて氏政が天主に登ってきた。そのままジッと笠懸山山頂に目を向けていたが一言も発することなく天主から降りていった。いつ終わるとも知れぬ籠城に耐えていた城兵たちの間に虚無感が一気に広がった。明けない夜はないというが、夜が明けると氏直は一段と厳しい現実を突きつけられることとなったのだ。

（4）

　小田原城内が混迷する中、湯本口に二人の僧が現れた。それぞれ丸い桶を抱えている。二人

は陣所近くまで来ると、

「この陣中に中山助六殿、狩野主善殿はおわし候や」と問うた。

「ご僧、何用か」

城番の頭が応えると、

「ご両人の御父上中山勘解由殿、狩野一庵殿の御首級(みしるし)をお届けにまいりました。関白殿下の温情により対面されるようにと下されましたぞ」

こう云って二つの筒を陣所の前に置き去っていった。それは首桶だったのだ。首桶はすぐさま氏直の許に届けられた。中に納まっていたのは紛れもなく勘解由と一庵の首級だった。どんな猛攻にも一年やそこらはビクともしないと云われていた八王子城だったがその落城が現実のものとして氏直の目の前に突きつけられたのだ。

氏直の動揺が収まる間もなく東に臨む海上に六、七艘の船が姿を現し海岸に近付いてきた。

「すわ！　敵が海上から攻め寄せてきたか」

浜の守備隊は一斉に砲口を船の方向に向けた。すると船上にいる者たちがしきりに手を振り何か叫んでいる。そのまま船は顔が認識できるほどの距離まで漕ぎ寄せてきた。

「撃つな！　我らは陸奥守様（氏照）配下の者じゃ」

彼らは腰縄で互いに結ばれている。さらに海岸近くまで近付き船上から口々に訴えた。

「この船には八王子城で捕らえられた者たちが乗っている。女子供もいる。城は昨日攻め落とされた。生き残った我らは心ならずも生け捕られた。生け捕った者は殺すなとの関白殿下の御下知によりこうして船中にいる。鉄砲で撃てば船中の女子供まで殺生することになりますぞ！」

風と波にところどころかき消されながらもこうした声が届いてきた。家康は城門近くで訴えさせることを進言したが、あえて船に乗せ敵味方四方から目にすることができる海上を選んだのは如何にも秀吉らしいやり方と云えよう。

海岸に捕らえられた者たちの乗った船が現れたことで八王子城陥落は籠城する者たちの間にたちまちのうちに知れ渡った。笠懸山に突然現れた城に度肝を抜かれたうえ、小田原城総奉行で北条随一の主戦派氏照が拠点とする八王子城が落ちたことで城内の士気はさらに一段と失われた。もしもここで抗戦を続ければ生け捕りになっている捕虜たちの命の保証はない。そればかりか氏房の妻をはじめとする岩付城に監禁されている者たちもどうなるか分からない。たとえ徹底抗戦したところで万が一にも勝機があるとは云えない。

氏直は決断を迫られた。秀吉が笠懸山に城を築いたということは関東に新たな国が現れたに等しい。このまま籠城策に固執しても豊臣軍の撤退を期待することはできず、豊臣方に捕らわれている将兵や女子供たちを見捨てることになる。そうなれば配下の諸将の心をつなぎ留めておくことはできなくなる。

氏直の許に氏房が慌ただしくやって来た。

「最早これまでと存じます。今、和睦に応じれば領国の大幅な割譲は避けられぬとはいえ何ヶ国かは残りましょう。また捕らわれの身となっている者たちの命を救うこともできます。誉ある北条の家を絶やさぬためにもここは恥を忍んで和睦に応じるべきと存じます。どうかご決断願います」

氏房は無念さをにじませながら涙ながらに訴えた。それを氏政は口をへの字にして聞いていた。氏直は腕を組み目を閉じたまま唇を噛んだ。八王子城落城を知った氏照は時折溜息をつくばかりで心ここにあらずといった表情だ。城の留守をしていた妻の比左の消息は不明だ。生け捕られ船に乗せられた者たちの中にいたとは考えられないことから自害したに違いない。氏政の母端渓院と後妻鳳翔院は去る六月十二日相次いで逝去している。上野、武蔵の支城が次々と落とされていよいよ二十万の大軍を率いる秀吉が攻め寄せてくると聞いて城内が騒然としている中での死だったことから自害したと噂されたが、氏政も氏直も病死として死因について詮索することを固く禁じていた。

「お館様はどのように思われているか知らぬが、わしは元より関八州の太守であった。なんで今更猿面郎に降伏などできようか。和議と称して二、三ヶ国残ったところで奴の風下に立つようならこの城を枕にして討死した方がまだましじゃ。早雲以来の武名を汚すようなことなどできるはずもないではないか！」

心中ではすでに氏房と同調している氏直は父氏政の頑なな態度に困惑していた。氏照はさすがに氏政に同意することはなかったが、氏房の考えに同調する様子も見せなかった。氏政は氏房に苛立ちをぶつけるかのように言葉を繋いだ。

「我らが籠城している限り京勢は成すすべが無いのはそなたも承知しておろう。何日か前に井伊（直政）の軍勢が福門寺曲輪に攻め寄せた時も（山角）定勝が見事撃退したではないか。ここで敵に弱味を見せれば嵩にかかって攻め立ててくるだけじゃ。そなたは京勢の威嚇に恐れをなしてそのようなことを申しているのであろうが、わしはそのような脅しには決して乗らぬぞ」

「恐れながら城内の妻や子の嘆きは見過ごすことはできません。兵士たちの心も萎え日に日に疲労の色も濃くなってきています。今まで北条家が家臣や領民の心を繋ぎ止めてきたのは彼らの困窮を救ってきたからに他なりません。今まさにその時です。たとえいくつかの国を失おうと領民の信頼を失わない限り国の再興は叶うはずです」

「ええい、それならそなたは領民たちのためにこの戦いにおいてどれだけの働きをしたというのか。一度として敵と刃を交えたのか。それさえもしないで軍門に降ろうとするというのか」

「これは思いも寄らぬ仰せじゃ。籠城策を採り打って出ることを固く禁じたのはご隠居様ではありませんか。この氏房何で命を惜しむことがありましょうや。その証を立てれば某の進言を受け入れてくださりますか」

そう云われて氏政は一瞬言葉に詰まったがすぐさま吐き出すように云い放った。

「勝手にするがよい、したがわしの心は変わらぬぞ」

氏政はこう言い放つと席を立ち足音を立てながら自陣の新城へと戻っていった。氏政の云うことは明らかに矛盾があった。固く門を閉ざし籠城することで京勢の来襲に耐え兵糧が尽き退却するところを討つというのがこれまでの作戦であって、その前に打って出て戦火を交えるようなことは固く禁じていたからだ。氏政はそのことを突かれたことで席を蹴って出ていった。

氏政は降伏を進言する氏房に対し最後は「勝手にするがよい」と言い放った。これは氏政の独特な言い回しで氏房が氏直に説得するにあたってはこれ以上口を挟むことはせず、それによって下された決定についても注文はつけないということにとれる。ただし氏政自身は秀吉に服従するようなことはないという意味も含んでいるようだ。氏直はここに至ってようやく腹をくくった。

笠懸山山頂の城を一夜にして築いたかのようにその全貌を現すという秀吉の大芝居は氏政親子ばかりでなく北条方すべての者たちを少なからず動揺させた。これによって今まで戦況から目をそらしていた氏政親子はいやでも厳しい現実に目を向けざるを得なくなった。北条方ばかりでなく家康でさえも秀吉の芝居っ気には驚かされた。これによって事態が急転すると考えた家康は直ちに韮山城で籠城を続ける氏規の許へ三宅正次を遣わし文を届けさせた。氏房に加え氏規からも氏政親子に開城を説かせようと考えたのだ。その内容は次のようなものだった。

『氏規殿三月の始めより韮山の孤城を守り、大軍の京勢を引き受けついに一度の過失もなく、たびたび京勢が追い立てられ攻めあぐみたる有様、全く氏規殿が武略雄傑のいたすところたとえようもない。八州の城々悉く攻め落とされしに、韮山城のみ堅固に落とされずにいるのは名誉といえ申すべき詞もない。然るに今、十郎氏房は宇喜多秀家と協議し、黒田如水、羽柴下総守（滝川雄利）も共に和睦を取り結び東西すでに太平に及ばんとす。そのような中、氏規殿一人討死覚悟で城を守ったところで小田原城が降参に至れば詮なきこととなる。よって早く城を出られ小田原の城に入り氏政親子がこれ以上の誤りを起こさぬよう謀を巡らすべきと存ずる。

今和睦に応じれば関白より伊豆・相模・武蔵三ヶ国を氏政親子に賜るべしという内書も得ているることから早々に小田原に入り和議を議すべきなり

美濃守殿

家康（花押）

』

こうして家康は北条氏の生き残りを氏規の交渉力に託そうとした。

七　落城

(1)

北条家が存続する道は限りなく狭められていく。残された道は最早和睦しかない。とはいえ和睦するにも氏直の一存で決定することはできない。それには父氏政の同意が是非とも必要だ。父の意向に逆らい和睦に動けば五代続いた北条家の家風を覆し不孝極まりないことになる。かといって父を説き伏せる確信もない。氏直は袋小路に入り込んでいた。氏直が悶々としているところに氏房がやって来た。評定の場で氏政になじられた氏房はそのときの憤懣が未だ納まる様子はなかった。

「お館様、今夜豊臣陣営に夜討ちをかけることをお許し願います。敵方に一泡吹かせ北条の意地を示したうえで和睦を持ち掛けるのであればご隠居様も同意せざるを得ないでしょう。豊臣方には決して屈しないというご隠居様のお気持ちは重々承知しておりますが、一人の意地のために多くの家臣の命を失わせることだけは避けなければなりません」

氏直としても支城が次々と落とされていく中、これ以上抵抗しても光明を見出す兆しは得られない状況になっているということは認めざるを得ない。たとえ不孝と誹られようとも多くの家臣の命には代えられないという思いも強い。和睦の道を開くためなら氏直自身先頭切って夜討ちを掛けたいところだがそれは許されない。氏直は氏房に己の思いを託し出陣を認めた。

氏房はその夜、配下の春日左衛門尉を侍大将として兵二千を率い久野口から蒲生氏郷の陣営へ夜討ちを掛けた。氏房は去る五月三日夜、包囲する豊臣陣営を攪乱させようと蒲生陣営に攻め入っていたのでこれが二度目の夜討ちとなった。

奇襲を受けた氏郷は兜もつけずつんのめるようにして久野口に向かった。氏郷としても警戒は怠りなかったとはいえ開城間近と見られた北条方からまさか攻撃を仕掛けられるとは思ってもいなかったのだ。兜をつけていない氏郷を見て驚いたのが北川平左衛門だ。平左衛門は応戦中にもかかわらず己の兜を脱ぎ氏郷に与えると、再び戦いの中に身を投じていった。

笠懸山に築かれた城の威容を見せつけられ、八王子城も落城したとはいえ氏房の夜討ちは、城内の士気は決して下がってないことを示す一矢となった。とはいえ犠牲も少なくはなかった。勇将三島文右衛門が蒲生隊に捕らえられ本陣に連行され拷問を受けた挙句城内の様子を白状させられたのだ。文右衛門は多くの支城が落城したことで城内の士気は日々下がり互いの融和も崩れそのうえ兵糧も不足がちになっていることなど意識が朦朧とする中、悉く白状させられた。その後、文右衛門は茜の陣羽織を肩に掛けられ小田原城下を引き回された後、大手の松原明神の宮の前で磔に架けられた。実のところ豊臣方の兵糧の補充も思い通りにならなくなっていたのだが、秀吉はこの情報を得たことで小田原城落城間近と確信した。

それから三日後の七月六日早朝、氏直は叔父氏照に和睦を申し入れることを打ち明けた。氏政は先の評定で「勝手にするがよい」と言い放ち席を立っており、それを氏直は事後を一任されたものととらえ父氏政にはこのことを改めて告げることはなかった。持ち城の八王子城が落とされ失意の中にある氏照は氏直の決断をあえて止めることはなかった。氏直は氏房と共に城を出ると渋取口の徳川陣営に向かった。二人に同行したのは山上郷右衛門と諏訪部宗右衛門の僅か二人だった。彼らは先の山中城の戦いの折、物見として派遣されたが徳川勢の動きを見誤り慌てて小田原へ逃げ帰るという失態をしでかしている。その者たちをこのような重要なときに供として従える氏直はその時の誤りに未だ気付いていなかったと云える。

舅家康と会うのは四年前の三島での会談以来となる。そのとき氏直は上座に座ったまま家康に対してほとんど口をきくこともなく父氏政と共に終始尊大に構えていた。秀吉の圧力に抗しきれず和議を結ばざるを得なくなった家康が北条氏との同盟維持を図るため国境を越え挨拶に来たということは北条氏への臣従と捉えられる。それでも家康が腰を低くして氏政の許に出向いたのは秀吉と和議を結んだことで北条方の怒りを買い同盟を破棄されるような事態になればそれこそ命綱を断たれるに等しいと考えたからと云えよう。北条との同盟が崩れれば家康は早晩秀吉に飲み込まれかねない。一方の北条方は家康が臣従の意を表しに来たと皆喜んでいた。ところが今、その家康の前に氏直は敗軍の将として跪く立場となった。

氏直と氏房が幔幕の中に入るとその奥に家康の姿があった。奥といっても六畳ほどの広さだ。氏直と氏房は膝を付き頭を下げた。すると家康は床几から立ち上がり氏直の手を取り二人に向かいにある床几を勧めた。氏直は挨拶もそこそこにこう云った。

「本日は関白殿下の曠世（こうせい）の御仁恩をもって氏政はじめ城内の男女悉く許していただけるなら軍門に降る覚悟であることを大納言より口添えしていただきたく参った次第。どうかこの申し入れお聞き届けくだされ」

氏直には立場が逆転したことに対する屈辱感よりも舅の家康ならこの窮状を何とか打開してくれるだろうという期待の方が強かった。

「関白の大軍を相手に一歩も引かず今まで戦ってこられたのは誰もが認めるところじゃ」

こう云って家康は氏直を慰労した。

「関白の軍門に降り本領安堵を願い出て北条の名を遺すよう図ることで家名が損なわれること

などあろうはずもない。よく決断なされた。ところで韮山の氏規殿はこの事を存じておるのか」

「いえ、未だ。まずは大納言にお願いしてからと思い」

そのとき家康の顔が少し曇ったように見えた。氏直としては父氏政の反対を押し切って敵の陣営に走り入り九十日に及ぶ戦に終止符を打とうとしたのだから支城のことなどは二の次だという気持ちがあった。家康はこれ以上そのことに触れなかった。

「ここに至ってわしが舅のちなみをもって和睦を働きかけたとなれば諸人の嫌疑を生じさせることとなろう。羽柴下総（滝川雄利）は殿下の命により和睦を結ぼうとこれまで尽力してきた。下総の陣営はこの近くにある。そこへ行き和睦を申し入れるのが良かろう。わしからも下総へ遣いの者を同道させよう」

家康は氏直を労ったものの、自ら動くことは控えた。てっきり秀吉の許まで同行してくれるものと思っていた氏直は一瞬恨めしく思った。しかし家康の云うことも尤もなことだとも思える。氏直はその言葉に頷いた。家康は井伊直政に雄利宛の伝言を言い含め氏直に同行するよう命じ最後に氏直にこう云った。

「下総は表裏のない者故、そなたも赤心を示すことが肝要ぞ」

（左様なことは言われるまでもない）

こう思いながらも家康の厚意を謝し目礼した後、氏直は真っ直ぐ前を向き滝川陣営へと向かった。

敵の総大将氏直が直々に陣所まで出向いてきたと知った雄利は驚きの色を隠さなかった。それも無理はない。これまで幾度となく和睦を持ち掛けても頑なに拒み続けられていたからだ。氏直は雄利の慌てぶりを見て逆に落ち着きを取り戻した。雄利は畏まって氏直に上座の床几を勧めた。雄利は今まで氏房と交渉を重ねてきたが氏直と対面するのはこの日が初めてだ。氏直は努めて平静を装い、ゆっくりとした動作で床几に腰を下ろすと袖の乱れを直した。雄利は氏直が何を言わんとしているのかと身構えている。氏直がおもむろに口を開いた。

「われらは城を守り京勢と対峙してまいったが心ならずも支城が次々と落とされることとなった。これ以上家臣・領民を困窮させるのは忍び難く、兜を脱ぎ弦を外し軍門に降り城内の者どもを助けることとしたい。殿下寛仁の恩徳をもって氏政はじめ城内の男女悉く許してくださるなら城を明け渡し城内の男女を退散させることといたしたい。どうかこの旨関白殿下にお伝え願いたい。もしもこのことが受け入れられないのであればそのときは父氏政ともども城を守り討死する覚悟でござる」

そのとき雄利は一瞬複雑な表情を浮かべた。降伏の条件を一方的に示したことに多少の違和感を覚えたのだろう。しかし一言も発することなく畏まって頷いた。氏直に続いて同行してきた井伊直政が氏直の言葉を補足するように家康の伝言を伝えた。雄利は二人の口上を聞くとすぐさま笠懸山の秀吉の許へ走った。

（2）

氏直が豊臣陣営に向かってから間もなくして小田原城に駆け入った者がいた。それは伊豆韮山城で抵抗を続ける氏規だった。家康からの文を受け取った氏規は家康が遣わした三宅正次の先導で兄氏政に降伏を勧めるため福島正則らの包囲網を抜け小田原城に入ったのだ。氏規が本丸に入るとすぐさま氏照が駆けつけてきた。氏照は四ヶ月前に会ったときに比べ著しく生気が失われているように氏規の目に映った。氏照は開戦前、自ら三島まで軍を繰り出し豊臣軍を迎え撃つと戦意をむき出しにしていた。その北条陣営きっての強硬派の氏照だったが松田憲秀の籠城策に押され小田原城に籠ることになりその後、自らは一戦もすることなく持ち城の八王子城を落とされたことで気落ちしていないはずもないが表向きは気丈に振舞っていた。

「ようここまで無事来ることができたものじゃ」

「はい、徳川殿の手配により豊臣方の囲みを無事通ることができました」

「そうか、徳川殿の手配があったたか」

氏照は複雑な表情でそうつぶやいた。そして気を取り直したようにして云った。

「そなたが駆けつけたことでご隠居様もお喜びになろう」

「そのご隠居様とお館様に至急お話をいたしたくこうして参りました」

「お館様は今朝、氏房と共に徳川陣営へ出向いたぞ」

「エッ、徳川殿の処へ？　何故」

「氏房の岩付城もわしの八王子城も落ち最早これまでと、関白の許へ和睦を願い出に行ったのじゃ」

「なんと、ということはご隠居様も同意なされたということですか」

今まで頑なに和睦を拒み続け秀吉の軍門に降るくらいなら城を枕に討死すると云ってきた氏政がそう簡単に考えを変えるはずもないと氏規は思っていたのだ。

「ご隠居様は最後まで和睦に反対された。したがここに来るときそなたも見たであろう。関白はいつの間にか笠懸山の山頂に城を築き容易には引き揚げぬ姿勢を示した。これを見て城内の者たちは一夜にして城が現れたと口々に申しては関白は天狗の化身かと怯え、すっかり戦意を失ってしまった。その上、八王子城まで落ちたとあってさすがのご隠居様も弱気になったようじゃ。それでも尚お館様と氏房の説得に応じられることはなかったが、最後は『勝手にするがよい』と云われ新城へ戻られてしまった。わしとて和睦に応じる気持ちは更々ないがお館様がご隠居様から今後の全てを託された以上、これ以上反対するわけにもいかぬ」

「して和睦の条件は」

「ご隠居様はじめ城内の者ども悉く助命するなら武装を解くというものじゃ」

「その他には？」

「他に何があるというのじゃ」

「領国の安堵については」

「領国については黒田孝高や滝川雄利、それに宇喜多秀家が相模、武蔵両国の安堵を伝えてきておる」

「それは以前の話ではありませんか。その時はご隠居様が反対され和睦は成らなかったと聞き及んでいます。よってその話は破談となったと云えましょう。それ故徳川殿が改めてご隠居様に和睦を勧めるよう関白殿下の書付を添え某に文を下さったのです」

　こう云って氏規は家康からの文と秀吉の内書を差し出した。秀吉の内書にはこう書かれていた。

『和議を結べば伊豆、相模、武蔵三ヶ国を氏政親子に安堵する』

　これまでに秀吉から示された和睦の条件は相模、武蔵の二ヶ国安堵だったことから氏政は関八州の太守であった自分としてはとても応じられるような条件ではないとして拒絶してきた。

ところが家康を介して氏規に示した条件は伊豆を加えた三ヶ国安堵とある。もしも氏政がはじめからこの条件を示されていたなら果たしてここまで強硬に和睦を拒んだであろうか。氏照に不安の色が浮かんだ。

「すると相模・武蔵二ヶ国の安堵の話は無かったことになるとお主は考えるのか」

「それはお館様の交渉次第。まずそのことを確約した上で和議の話に入れば今まで示してきた条件なだけに関白殿下も認めないということはないでしょう」

「もしもその話をしなかったなら」

「関白のこと、先に出した条件は拒絶されたものとして反故にされるでしょう」

それを聞いた氏照は眉根に皺を寄せ険しい表情になった。

「豊臣方からは何度も和睦の使者が来たと聞き及んでいましたが、何故こちらから出向いて和睦を申し入れに行かれたのですか。使者を送ったのであれば兎も角もこれでは『走り入り』にも等しく関白は和議申し入れというより投降してきたと受け取りかねません」

「お館様は誰よりも『孝』を重んじるお方故、ご隠居様の反対を押し切って和睦の使者を送れば返答の使者を城内に招き入れることとなる。お館様はそのことを憚られたのだろう。さらにこのままでいれば関白はいつそなたの籠る韮山城に総攻撃をかけるやもしれぬ。そうなれば八王子城の二の舞じゃ。これ以上不利な条件の下での和睦は避けるべきと考え自ら豊臣陣営に出向く決意をされたのじゃ。したが徳川殿がそなたの許に和睦を勧める書を送っていたとは。それを知っていればお館様が徳川陣営に行かれることをお止めしていたものを。これも皆お館様とご隠居様との間に意識の齟齬を生じさせたわしの責任じゃ」

氏照はいつになく弱々しい口調で悔いた。


氏規は今更ながら家康が送ってきた文の中に『早く城の中に入りて氏政親子事故ならんよう謀を巡らすべき』とあった意味の重さを感じた。家康は氏政親子に和睦を説くだけでなく交渉において抜かりなく対策を講じておくよう氏規に示唆していたのだ。家康が氏政親子の意識のズレを案じているということは、秀吉が必ずそこを突いてくるということを見越したうえでのことだろう。

「お館様が和睦を申し入れに出向いたとあれば某はすぐにでも韮山に戻らなくてはなりますまい」

こう云って立ち上がろうとする氏規を氏照が制した。

「せっかくこうして来たのじゃ、お館様のお帰りを待ち関白の意向を聞いてからにしてはどうか」

「それでは後手を踏みます」

「後手？」

氏照は腑に落ちない顔をした。

「韮山城を包囲する福島（正則）勢は某が徳川殿の口添えで和睦を勧めるため小田原へ向かうということで囲みを解きましたが万が一、和睦が成らなければ城に戻る道を塞ぐに違いありません。それ故和睦が成るかならぬか結果が出る前に韮山に戻っておかねばなりますまい」

こう云いながら氏規は四ヶ月に及ぶ籠城で兄氏照の勝負勘が鈍っていると思った。しかし今更そのようなことを云っても詮無いと考え、その思いをおくびにも出さずに三宅正次の先導で韮山城へと戻った。

（3）

氏規が韮山城へ帰ったのと入れ替わるようにして氏直と氏房が小田原城へ戻ってきた。小田原城を明け渡すことで城内の男女悉く助命されるという和睦が成立したことを氏政と氏照に報告した氏直だったが、領国の安堵については改めて話をすることはなかった。氏直としては相模、武蔵二ヶ国は安堵される前提で和睦を申し入れていたからだ。雄利は氏直の意向を秀吉に伝え同意を得たことを伝えたとき領国のことには特段何も言わなかったことから二ヶ国安堵はそのまま変わりないと思っていたのだ。

城に戻った氏直は各守り口についている諸将を大広間に集めた。氏直の許には氏政、氏照、氏房はじめ一族の氏忠、氏光が居並び下座には山角定方、同定勝、板部岡江雪斎、垪和綱可ら八十余名が詰めた。豊臣方に降ったことは誰もが知るところとなっていたが、どのような条件だったのかは誰一人として知らない。皆自分たちの行く末について不安の色を隠せずにいる。

氏直は広間に詰めた家臣一同を見渡すとおもむろに口を開いた。

「二十余万の軍勢を率いる京勢に対し今日まで一歩も引かずによく持ちこたえてくれた。二度にわたる山王口への攻撃も見事退けた。これまでの皆の働きに謝する言葉もない。しかれども氏房の岩付城、安房守（氏邦）の鉢形城、陸奥守（氏照）の八王子城と次々と落城し城内の兵糧も次第に不足するようになってきた。一方で京勢に衰える気配は一向にない。これ以上戦が長引けばそなたらを苦しめるだけとなろう。この氏直そなたらの命を救うためであれば敵の軍門に降ることを恥辱とは思わぬ。徳川殿は関白殿下より『家中の者たちがいずれへ奉公するもこれを妨げるものではない』というお許しを得てくださった。それ故そなたらの今までの奉公に報いるため予からは此度の戦において戦功のあった者については『いずれへ奉公するも苦しからず』との印判状を与えることといたす」

氏直がこう言い切ったのは家康の助言によるものだった。家康からは雄利を通じ氏直に「小田原城を明け渡す前、戦功のあった家臣に対しいずれへ奉公するとも苦しからずという旨の印判状を渡すよう」と伝えられていたのだ。

氏直の言葉に広間にどよめきが起こった。

「国の割譲は避けられぬところだがこの後、この氏直幸いにして再び天運を得て家の再興を図る日が来たならそのときは旧好を忘れず予の許に参じてほしい」

これを聞いて居並ぶ家臣たちは一瞬複雑な表情となったが、やがてあちらこちらから肩を震わせ袖で涙をぬぐう者が現れ、たちまちのうちに嗚咽する声で広間は満ち溢れた。そこには代々仕えた北条家を離れなければならないという惜別の念と仕官の道は閉ざされてはいないと知った安堵が複雑に入り混じっていたと云えよう。

氏直の後を引き継ぎ氏房が家臣一同の今後の身の振り方を伝えた。

「三日後の九日をもってこの城は関白殿下に開け渡すこととなった。よって七つの守り口は速やかに武装を解き城から退去するよう。その際、京勢とはくれぐれも争いごとを起こさぬよう」

こう云って大広間に集まっている者たちを戒めた。こうした中、氏政だけは終始眉根に皺を寄せ無言を貫いていた。各武将はそれぞれの陣営に戻り城の明け渡しが決定したことを告げるとにわかに騒がしくなり早くも荷物をまとめ一群れまた一群れと鳥が飛び立つように去っていく。各支城の城主たちは地元に妻子を残し守りを家老たちに任せ百日余りも小田原城に籠っていたことから一刻も早く国許に戻ろうとしたのだ。

氏政、氏直親子の許には氏房はじめ氏照ら一族と近習のみが残った。氏直が父氏政の助命を申し出て入れ受け入れられたとはいえ氏房は決して楽観している様子はなかった。

「恐れながらお館様、城内の者たち悉く助命されることとなったからには改めて関白殿下の許にお礼言上に伺うべきと存じます。この旨徳川殿に伝え取り次ぎを願っては如何でしょう」

氏直はそれも尤もだと思った。家中の者や領国の扱いについては秀吉の胸先三寸にある。領国の安堵を図るためにも父氏政と共に秀吉の許へ挨拶しに行くべきだ。しかしこれを隣で聞いていた氏政は不快な顔を露わにし、初めて口を開いた。

「氏房、わしはこれまでに何度も申してきたはずじゃ。猿面冠者に許しを請うくらいなら城を枕に討死すべきとな。奴に頭を下げるようなこととなれば早雲公以来の北条の名を汚すことになり祖先に顔向けできぬ。和睦を申し入れたことについて今更とやかく言うつもりはないが、以前から何度も申しているようにわしの心はどのようなことがあっても変わらぬぞ」

氏政は秀吉の許へ出向くことを頑なに拒んだ。

北条氏の運命は秀吉の手の内に握られ、他の誰もがどのような展開になるのか分からずにいる中、氏直に同行して滝川雄利の許に出向いた井伊直政は浅野長政に氏直が和睦に応じた時の模様を書き送っていた。それにはこうした文言が認められていた。

『主君家康は氏政殿についても嘆願し何とか助けてやりたいと申しております。領国の削減は避けられぬところですがそれと引き換えに恐らく氏政殿は赦免されることとなるでしょう』

無血開城した以上、氏直や氏政は助命すべきと考えたのは家康ばかりではなかった。信長の弟で伊勢・津十五万石城主織田信包は秀吉に氏政の助命を進言した。ところが秀吉は家康のときとは打って変わって思いも寄らぬほどの怒りを露わにした。驚いた信包は恐縮してその場を退いた。秀吉はそのときすでに北条一族に対する処置の筋書きを作り上げていたと云えよう。

氏直が降伏を申し出た翌日の正午、秀吉の使者として片桐且元、脇坂安治が城へやって来た。目付として徳川家から井伊直政、本多忠勝、榊原康政が同行していた。秀吉の命を告げる且元は上座に立ち氏直はじめ居並ぶ一族に対し九日まで城を退去するよう伝えた。これは氏直も了解していたことだった。ところがそれを聞いた氏政は血相を変えた。

「これは異なことを申される。関白は和睦に応じれば相模、武蔵の国は安堵すると申されていたはず。この小田原城は相模にあることを関白はお忘れになったわけではあるまい。何故退去しなければならぬのじゃ」

「城明け渡しは既に決まったこと。もしもこれを拒むようなことがあれば和睦は破談となり城攻めをすることとなりますが如何」

且元の言葉に氏政は唇をかんだ。すでに城中には僅かな近習が残るばかりで将兵は悉く退散してしまっている。氏政たちは今や焼草の上の露に等しい。氏政に抵抗する術は万が一にもなかった。

翌八日には伊豆韮山城で抵抗を続けていた氏規が城を明け渡した。和睦が成った以上鉾を収めなければ和睦が破談となりかねない。氏直は家康に促されて氏規に城を明け渡すようにと次のような文を送っていた。

『氏政、氏直その他の一族の輩、秀吉と和睦し候。しかるところ貴殿一人従わざる故、和平の義破れんと欲し候。早々その城を明け渡し当所へ来るべきものなり

七月八日　　氏直（判）

北条美濃守殿　　』

氏直は和睦の成立を急ぐあまりこれまで北条氏の盾となり孤塁を守り続けてきた氏規はじめ城兵たちの労をねぎらうことを怠り、これ以上抵抗されては迷惑だと言わんばかりの文面と

なったことに気付かなかった。この文を受け取った氏規はすぐさま城明け渡しに応じたもののこれまで城を包囲していた福島勢に渡すのは本意ではないとして徳川勢への引き渡しを望んだ。そこで家康は阿部正勝と内藤信成を氏規の許に遣わし城を受け取りその後、改めて福島正則に引き渡した。

(4)

九日朝、氏直はじめ北条一族が城を退去し、典医田村安栖(あんざい)良伝の屋敷に移された。そこに伊豆韮山城を明け渡した氏規も入った。最後まで豊臣軍に抵抗を続けた氏規は一族と運命を共にする覚悟で小田原へ戻ってきたのだ。氏直が降伏を申し出てから三日の間、秀吉はあることを待っていた。その間、北条氏については様々な憶測が飛び交っていた。ある者は、

「北条が和睦に応じた以上、一族は助命されるだろう」

と云い、またある者は、

「領国の大半は失うことになりそうだが、北条氏所縁の地である相模は安堵されるようだ」

と云えば、

「帝に叛き逆臣となった以上、一族には極めて厳しい処分が下されるのは避けられまい」

「北条一族の存続が許されるかどうか分からぬらしい。なんでも徳川の配下となるという話も出ているそうじゃ」

このように様々な憶測が飛び交った。

氏直たちが田村良伝の屋敷に移った日、秀吉は家康を呼んだ。笠懸山の本丸広間には京から取り寄せた花鳥を描いた狩野永徳の襖絵が用いられておりとても急普請とは思えない造りとなっている。そこには宇喜多秀家、黒田官兵衛、そして清州から呼び寄せていた小早川隆景が居並ぶ。家康が現れると秀吉は待ち構えていたようにこう切り出した。

「わしは帝より節刀を賜り朝敵北条一党討伐のため京よりはるばる下向してきた。氏政どもは城に籠り百日余りも抵抗を続けてきた。此度ようやくにして降参を申し入れてきたが一族悉く助命するようなことになれば帝に誓った北条討伐の言葉が偽りとなってしまう。それすなわち朝廷を軽んじることとなる。よって朝敵の巨魁ともいうべき氏政と氏照を誅戮（ちゅうりく）することで天威を示し氏直、氏規、氏房以下は皆赦し仁恩を施そうと思うが如何ぞ」

秀吉は家康にこう問うた。本来なら秀吉の一存で決定を下すところだが、かつて家康と交わした『東のことを扱うときは双方互いに通じ合い、決して独断しないこと』という誓約をここでも忘れてはいなかった。家康は畏まって秀吉の裁定を聞いていたがおもむろに口を開いた。

「殿下のご裁断に対し何事か申し上げましょうや。氏直は某の婿ではありますが彼を誅すると仰せになられたならその命に従うばかりと思っておりましたが、氏直以下助命されるとのこと謝する詞もありません」

家康はこう礼を述べた。

今まで秀吉が何を待っていたのか家康には分かっているようだ。それは氏政、氏直親子が秀吉の許に参上し降伏の意を表すことだった。氏直が滝川雄利の陣営に出向いたとき秀吉は目通りさせることはなかった。北条氏の降伏を内外に示すには氏直では役不足と考えたからだ。元関八州の太守を誇った氏政が秀吉の許に来て平伏することで初めて北条討伐が完結されることになる。それによって奥羽の諸大名も秀吉の威に靡くこととなる。氏政が敗北を認め参上したなら秀吉は氏政の肩を抱き、

「よくこの秀吉相手に百日余りも戦い続けたものじゃ」

こう云って褒め上げ一国や二国安堵するつもりでいた。北条氏を讃えることで秀吉の偉大さが一段と引き立つことになるからだ。氏直が投降してきたことを聞いたとき秀吉は殊勝であるとして上総、下総両国を与えようと思わず云った。それまで和睦の条件として示していた相模、武蔵とは異なるとはいえ北条氏存続は思案の内にあったのは確かだ。ところが隠居の身とはいえ北条氏の最高権力者と目される氏政が秀吉の許に参上することはなかった。これによっ

て秀吉の考えは一変した。参上しようとしない敗軍の将に本領安堵する謂れがあろうはずもない。見せ場を失えば新たな見せ場を作る必要がある。それはとりもなおさず氏政の誅戮と領国没収なのだ。

十一日、田村良伝の屋敷に入っていた氏直たちの許に秀吉の遣いとして中村一氏、石川貞清、蒔田広定、佐々木行正がやって来た。徳川家からは榊原康政が同行していた。氏直はじめ氏政以下一族揃って一氏らを出迎えた。一氏は山中城の戦いで一番乗りの手柄を立て秀吉から今まで以上に目を掛けられこの日の役目を仰せつかっていた。しかし氏直はその一氏の表情が硬いのが気に掛かった。氏直が氏房と共に豊臣陣営に降伏を申し入れに行ったとき、滝川雄利から父氏政はじめ北条一族悉く助命するという氏直の願いは秀吉に伝えられ、その件については受け入れられたと雄利から伝えられている。ところが一族の助命を伝えるはずの使者にしては表情が強張っている。

（もしや講和が覆ったのでは）

氏直に不安の色が走った。しかし一族助命の条件は徳川方として立ち合った井伊直政から家康にも知らされているはずだ。一度交わした講和条件が簡単に覆るはずもないと氏直は思い直した。

一氏は堅い表情のまま上座に立ち書状を広げた。ところが読み上げることができず体を強張らせたまま立ち尽くした。同行していた使者たちもまた沈痛な面持ちで一氏を見守っている。それを見た氏照が口を開いた。

「ここまでわざわざお越しになり、榊原殿も見えたということはさだめし我らに腹を切るよう伝えに来たのであろう」

北条随一の猛将といわれる氏照は一氏の心中を見透かすようにこう云った。その言葉で一氏は気を取り直したのか絞り出すような声で秀吉の命を伝えた。

「殿下の御裁定は……」

ここまで云って再び言葉を詰まらせた。広間は重苦しい静寂に包まれた。誰もが息を殺して成り行きを見守っている。一氏は充血した目を見開き気力を振り絞るように次に続く一文を読み上げた。

「氏政・氏照両人は切腹あるべし。氏直以下一族は助命せらるべし。この事しかと申し伝える」

こう一気に読み上げた。これを聞いた氏直は憤然として叫んだ。

「それはまこと関白殿下のお言葉か。わしは父上はじめ城内の者悉く助命するという条件の下、開城に応じたのじゃ。関白殿下もそれを受け入れられたはず。これでは話が違うではないか」

「これが殿下のお言葉です」

一氏は苦しげにしかし毅然として答えた。この様子を見ていた氏政は皮肉な笑みを浮かべて云った。

「もうよい。秀吉とは元来そのような男なのじゃ。下賤の出の者と交わした契りが守られると思ったところで詮無いことよ。柴田勝家も信長殿ご子息信孝殿も秀吉の策謀によって切腹に追い込まれた。もしもわしが上洛したならどうなるかしれぬと云った訳が今となってよく分かったであろう。数万の士卒の命に代わらんと城を明け渡し軍門に降った以上、死は覚悟の上じゃ。今更何を驚くことがあろうか。ただ氏直以下、一族の命を助け給わんとの芳志には忝(かたじけな)く思う。中村殿、身を清めてまいる故少しの間待たれよ」

氏政の言葉に氏直は俯くしかなかった。

二人は沐浴し離れの間に入ると辞世の句を詠んだ。

雨雲の覆へる月も胸の霧も　払いにけりな秋の夕かせ

続いて氏照が詠んだ。

天地の清きなかより生まれ来て　もとのすみかにかへるへきかな

時に氏政五十三歳、氏照五十歳。介錯は氏規が務めた。二人の兄の介錯を務めることとなった氏規の心中は如何ばかりであったか。

後北条始祖早雲は永正十五年（一五一六）七月十一日、当時武蔵・相模において第一の有力者三浦道寸を滅ぼし関東進出の基礎を築いた。三浦半島の新井城で最後の一兵まで抵抗し続けた三浦一族が流した血は油を流したかのように海面を覆い尽くしたことからいつしかその港は『油壷』と呼ばれるようになった。道寸の辞世の句は、

討つ者も討たるる者も土器（かわらけ）よ　くだけて後はもとの土くれ

こう詠んだが、奇しくも七十五年後の同月同日、早雲から数えて四代目の氏政は土くれへと還っていった。

氏政と氏照の首は三方の上に載せられた。それを見届けると氏規はいきなり血の滴る刃を握り己の腹へ突き立てようとした。咄嗟に検使として立ち合っていた榊原康政が走り寄り氏規を抱きかかえた。

「武士の情け、離されよ！」

こう叫んで氏規は康政の手を振りほどこうとしたが康政は渾身の力を込めて制しながら叫んだ。

「かかる粗忽もあろうかと殿は某を遣わしたのじゃ、既に助命するとの裁定が下された其許が自害するようなことがあれば検使役の我らが役目を果たせなかったこととなる。どうか思い止まれよ」

二人がもみ合っているとき部屋に走り入った者がいた。その者は氏照の首を抱えると部屋から駆け出た。それは山角牛太郎という氏照の小姓だった。牛太郎は笹曲輪に井伊直政が攻め込んできたとき応戦し駆逐した守将山角定勝の一族で当年十六の若者だ。牛太郎はたちまちのうちに番卒らに取り押さえられてしまったが彼に刃を立てる者は誰一人としていなかった。番卒たちも牛太郎の無謀ともいえるこの行為を意気に感じたのだ。

秀吉は石田三成に氏政と氏照の首を京の一条橋に晒すよう命じた。かくして五代に渡って関東に君臨した北条氏は一片の土地も残すことなく滅亡することとなった。

(5)

北条氏を滅ぼした秀吉だったが、喉に引っかかった魚の小骨のように気に掛かることがあった。それは沼田領の引き渡しの交渉役として上洛してきたことのある板部岡江雪斎だ。その際秀吉は茶室でもてなすという破格の扱いをした。その後、北条が秀吉の裁定に違反して真田領にある名胡桃城を奪ったことが小田原征伐の引き金となった。秀吉は江雪斎を笠懸山本陣の庭に引き出させた。縁先から江雪斎を見下ろしながら詰問する秀吉は返答次第ではすぐさま首を刎ねる勢いだった。

「その方、一昨年上洛して上州沼田領を請取ることを願い出たので三分の二を北条領、三分の一を真田領とする裁定を下した。北条は畏まってその裁定を受け入れたにもかかわらず、たちまちのうちに裁定を破り真田方の名胡桃城を奪った。これは北条親子の表裏によるものか、それとも汝の詐謀によるものか、返答次第ではその首刎ねて不忠の徒の懲戒としてくれようゾ」

それは庭の木々の葉さえも震わすほどの大声だった。ところが江雪斎はすでに覚悟を決めているのか秀吉の恫喝に恐れる様子もなく自若としている。そんな江雪斎を見て秀吉はこめかみに青筋をたてて畳みかけて云った。

「恐れ入って返事もできぬのか、それではその皺首を刎ねるまでじゃ」

ここではじめて江雪斎が口を開いた。

「名胡桃城を攻め取ったのは田舎侍の独断であり氏政親子の命によるものではありません。このたび北条五代の覇業が一朝にして失われることとなったのは天のなせる業、如何とも避けがたいことでした。ただし殿下が率いる二十二万の軍勢を一手に引き受け百日に渡り堅固に城を守り抜いた氏政親子は後世に語り継がれて然るべきと存じます。これにより他に何をか申し上げましょうや。どうか某の首をお刎ねください」

物怖じしない江雪斎に秀吉は意外な感じを受けた。今の自分に対してここまで真っ直ぐに本音を語る者は少ない。既に死を覚悟しているからこそここまで思い切ったことを云えるのだろうがそれにしてもその潔さは嫌いではない。

「江雪、汝の磔は避けられぬと思っていたところだが、大丈夫の忠魂義胆と死を恐れぬ気性は天晴じゃ。それに免じて罪は問うまい。それにしても氏政も氏直もそなたという者が居ながら使いきれなかったのが悔やまれる」

こう云われた江雪斎だったがキッと秀吉を見据えた。

「お情けは無用にございます。主家が滅んだ今となっては生きていく甲斐はございません。どうかこの皺首をお刎ねください」

「なに、それほど死にたいか」

「殿下は真田の言葉をお信じになり、その一方で北条方の申し立ては何一つとして受け入れることはなさらず北条討伐をお決めになりました。主人の無念を思うとこのまま生き長らえたところで詮無きことにございます」

「なんじゃ、そのようなことか。わしは何も真田の言をそのまま信じた訳ではないぞ。名胡桃に真田家累代の墓などないことは元より承知しておるわ」

「エッ、そのことをご存じでありながら名胡桃を真田領として残す裁定を下され、その上、今回の真田の訴えをお聞き入れなさったというのですか」

「訴えがあればその理非を明白にすべきことは云うまでもない。それをその方らは望んでいるのであろう」

　こう云って秀吉は江雪斎の反応を見るような視線を送った。

「したがそれだけで世が治まるというものではないぞ。その上で道理に照らし勝たせるべき方に勝たせるのが天下を治める者として為すべきことというものじゃ」

　秀吉はこう言い切った。その言葉に江雪斎は突然後ろから何者かに頭を打たれたような表情となり血の気を失った。目は宙を泳ぎ焦点が定まらない。やがて絞り出すような声で問うた。

「それでは何もかもご存じの上で討伐の命を下されたのですか」

「理非は真田、北条双方等しくあろう。そのうえで道理に照らし北条のこれまでにしてきたことに鑑みて裁定を下したまでのことじゃ」

秀吉の言葉に江雪斎はガックリと頭を垂れた。

「分かったか、分かったなら今後わしの許で仕えよ。今後の世の成り行きを見ておくのも一興ぞ」

こう云って秀吉は江雪斎の戒めを解かせ部屋の中に入っていった。

氏直は近臣四十名余りと従者三百人と共に高野山へ送られることとなった。その中には叔父氏規、氏忠、氏光、弟氏房に加え松田憲秀の裏切りを訴え出た左馬助や笹曲輪の守将山角定勝、玉縄城を開城した北条氏勝などがいた。ここで特筆すべきことは北条一族で氏直を見限り去っていった者が一人として出なかったことだ。氏直に同行した先でどのような扱いとなるか分からないことから供する以上命を捨てる覚悟でなくてはならない。ところが同行を躊躇する者は一人としていなかった。これは早雲以来氏綱、氏康と代々家臣・領民に対し積んできた徳の賜物と云えよう。その遺徳に諸士は忠義をもって報いたのだ。大木は倒れる時はゆっくり倒れるものだが氏政の代から根腐れは始まり氏直の代になっても持ち直すことのないまま今日に至ったと云える。家臣もまた主家を支えることこそ旧恩に報いる道だとして主人の命にひたすら従順であろうとした。しかしそのことが体制を硬直化させることとなったという恨みも残る。とはいえそうした家臣団を抱えながらも生き残る道を見出すことができなかった氏政・氏直親子に最大の咎があることは否めない。

秀吉が三日前大坂へ戻った淀の方に文を書いているところへ家康がやって来た。相変わらず草叢から出てきたヒキガエルのようにノッソリと現れた。特段要件があるわけでもなさそうなのでご機嫌伺といったところのようだ。北条一族の処分も終え氏直の許に嫁いだ督姫も家康の許に戻した。秀吉は氏直の蟄居先を高野山としたのはそこが女人禁制の地であり督姫が同行できない地であるということもある。それに対して家康は謝意を表しており他に何も心に引っ掛かるものはないはずだ。

家康は秀吉が書き終えるのをじっと待っている。秀吉が書き終えるとひとしきり雑談をした後、家康がフッと思い出したように云った。

「氏直の高野山出立の準備はどうやら整ったようですが、その一行に氏勝が入っているようです。このままですと高野山に同行することとなりますが」

「氏勝？」

秀吉は家康が何を言わんとしているのかはじめのうち分からなかった。

「氏勝は某の説得に応じいちはやく玉縄城を明け渡し、その後北条方の支城を戦わずして開城させるための案内役として用いた者です」

「その氏勝は氏直への同行を望んだのではないか」

秀吉は氏勝を旧恩を忘れ北条氏から寝返った大道寺政繁と大差なく思っていた。しかし家康に命じて味方に付けた経緯があることからそれまで敵対していたことについては不問に伏すという程度に考えていたのだ。一方の大道寺政繁については、

「歴代の臣でありながら真っ先に降参し主家を滅ぼす先導を成したのは大倫を乱す賊臣といえ後世の戒めとせん」こう云って十九日に市中引廻しの後、松田憲秀と共に江戸の桜田で斬罪に処しその首を獄門に掛けた。憲秀は氏直が助命を条件に左馬助からその陰謀を聞き出したこともあり命を絶たれることなく開城の日まで獄に繋がれていた。豊臣方に内通し城を明け渡すことで北条氏の存続を図ろうとした憲秀だったが、豊臣方からは画策を遂行できなかった者としてみなされ、一方の北条方からは裏切り者として唾棄されていた。その憲秀を秀吉は、

「これも武士の情けじゃ」

一言こう云って刑に処したのだ。

どうやら家康はこの二人と氏勝は異なると考えているようだ。

「氏勝が早々に味方に付き関東の案内役となったことで氏勝を慕う上総、下総の諸将は争うこ

となく城を明け渡し無益な殺生をせずに済みました。このような者を高野山に送るようなことになれば今後、殿下に降伏し味方に付くことに二の足を踏む者が出てくるやもしれません」

こう云われて秀吉は改めて思い出したような顔をし大げさに膝を叩いた。

「そうか、そうであった。確かに氏勝には本領安堵をすると云ってあった。関東・奥羽の仕置に気を取られつい失念していた」

秀吉は屈託なく笑った。

「それでは某が召し抱えることといたしますがよろしいでしょうか」

「ウム、北条領はすべて大納言のものとする故そうされるがよかろう」

秀吉の許しを得た家康はこの後、氏勝に下総岩留に一万石の領国を与えた。家康は氏照の首を抱え逃げようとした山角牛太郎についても罪は問わず忠義者として召し抱えた。

氏勝の他にもう一人氏直の一行に加わらなかった者がいた。それは鉢形城城主だった氏邦だ。氏邦は野戦を主張し鉢形城において豊臣方の上杉軍と戦ったものの衆寡敵せずして開城に応じ、その後前田軍の案内役を担わされていた。その経緯により前田利家に召し抱えられることとなった。

氏政と氏照の仕置が終わった後、秀吉は小田原城に入り論功行賞を行った。主の替わった小田原城はまるでそれが当然であるかのように秀吉を迎え入れた。天主台に登り笠懸山を望むと山頂に築いた城が見える。笠懸山から見下ろした小田原城は小さく霞んで見えたが、駿河湾に面する小田原城の天主から見上げる笠懸山の城は今にも大軍が駆け下りてくるような威圧感がある。これを見た北条方の諸将はさぞかし肝をつぶしただろうと思うと秀吉は愉快でならなかった。

(6)

此度の小田原攻めの第一の功労者である家康に対し北条氏が有していた関八州二百四十五万石に加え在京中の賄いとするよう近江九万石と上洛の折、家康が好む放鷹ができる狩場となる地を与えた。安房の里見義康、下野の宇都宮国綱、皆川広照以下国人の本領はそのままとしながらも徳川の旗下とした。里見氏は併合されることを避けるため北条氏と従属的同盟を結んでいたが、豊臣軍が相模に攻め込んでくると早々に同盟を破り秀吉傘下に入っていた。また宇都宮などの国人たちは関東惣無事令に反し侵略を続ける北条氏に対し佐竹氏と連携を取りながら抵抗を続け、以前から秀吉に北条討伐を要請してきた。彼らは独立心が強く他国に併合されることをことさら嫌うことから、如何に秀吉の命とはいえ大人しく家康の配下に収まるかははなはだ不透明だ。場合によっては今回の北条討伐の引き金となった名胡桃城事件のような紛争の種ともなりかねない危険性を孕んでいる。秀吉はあえてこのような不安定要素を残した。

また家康の有していた駿遠三甲信五ヶ国百三十万石についてはこれといって軍功はないものの尾張・伊勢百万石に替えて織田信雄に与えることとした。ところが信雄は、

「有難い話なれど尾張は織田家の所縁の地で離れ難い故、どうか今のまま留め置き願いたい」

こう申し出た。尾張や伊勢には信長恩顧の国人衆が多く、治めていくには都合がよいことからそのままこの地に留まりたかったのだ。信雄は本音を隠し加増は望まないという謙虚さを前面に出して願い出たつもりだったのだろうが、秀吉はそれまで上機嫌だった表情を一変させ激怒した。

「そなたは信長公の子息故五州を授けようとしたのにそれを拒むというのか。大した戦功もないにも拘らずそのようなことを申す者は大国守護にあらず！」

秀吉の剣幕に驚いた信雄は慌てて弁明しようとしたが秀吉はそれを許さず躊躇することなく下野国烏山へ配流とした。名胡桃城事件を聞き直ちに北条討伐を決めたときもまさにこうだっ

た。秀吉は信雄のこの言葉を待っていたのだ。かくして百万石の大大名だった信雄は草履運びの小者一人をつけられただけで見送る者もないまま那須烏山へと下っていった。

柴田勝家、織田信孝はじめ北条氏政・氏直親子や今回の織田信雄など秀吉への対応を誤ったがために身を滅ぼした者は少なくないが、家康だけは終始慎重かつ篤実さをもって対応することで秀吉との間に齟齬をきたすことがなかった。ところが家康の他にいま一人対応の妙を発揮した武将がいた。それは細川忠興だ。

秀吉が奥羽平定のため江戸から宇都宮へ入ったとき従軍していた忠興を呼び寄せて云った。

「昨日伊達政宗が参りこれまでの無礼を改めて詫びたうえで没収となった蘆名領は元より陸奥・出羽十三郡（七十二万石）の本領も献上し、伊達名跡の存亡もこのわしの一存に従うと殊勝な申し入れをしてきた」

秀吉は政宗を小田原参陣に遅れたことで成敗するすんでのところで家康のとりなしにより許したが、今まで切取ってきた蘆名領はすべて没収とした。小田原征伐がなされた後、政宗を米沢に帰していたが秀吉が宇都宮へ入ると聞き、首の皮一枚で命が繋がった政宗が片倉小十郎景綱を従え馳せ参じたのだ。

「そこで蘆名領は召し上げるが本領は改めて安堵すると申し下したのじゃ。よってそこもとに会津黒川の城を政宗より受け取り守りを固めておくよう命ずる」

受け取った城の守りを命じるということは黒川城のある蘆名領四十二万石を与えるという意味合いだ。奥州を平均（へいぎん）した後はその地を統治させようと考えていた堀秀政が陣中において急逝したことで忠興に白羽の矢を当てたのだ。丹後十二万石に比べれば大幅な加増となる。ところが忠興は一瞬、思いも寄らぬことを聞かされたというような顔をした。しかし少しでも躊躇すれば秀吉の心証を害すると思ったのかすかさず返答した。

「黒川の城受け取りの儀、御政治（まつりごと）の為の仰せつけらるる儀にあれば畏まってお受けいたします。ただ御恩賞の思し召であれば、父幽斎老年でございます。甚だ遠国であり迷惑に候へば、御許しを蒙りたく存じます」

父幽斎の名を持ち出し会津拝領は暗に遠慮したいと返答したのだ。幽斎は五十三歳ながらも未だかくしゃくとしており、此度の北条征伐にも加わっていることから老齢と労わられるほどの歳でもない。秀吉にとって忠興の返答は思いも寄らぬものだった。

（芦名領四十二万石を不足とでもいうのか）

こう思ったが、こう思案し直した。

（確かに忠興の父幽斎は京の文化の絵画や能、和歌、茶湯に親しんでおり京の公家衆と深い関わりを持っている。会津に国替えとなれば京都の交流は今までのようにはいかぬということか。忠興もまた父に劣らず京の文化に愛着を持つことから西国から離れ難いのかもしれぬ。かといってわしの命に従わなければ信雄と同じ運命を辿らぬとも限らないと思い、こうした返答をしたのか）

こう気付くと秀吉は考えを切り替えた。

「それも道理じゃ。幽斎には朝廷のことで今後も働いてもらわねばならぬ身故、同行はできぬか」

かつて明智光秀が信長に謀叛したとき幽斎は光秀から加勢を求められたもののそれに応じなかったことが秀吉にとってどれだけ助けになったかしれない。それに恩義を感じていた秀吉はあえて無理強いすることはなかった。

秀吉は忠興に命じようとしていた城受け取りをあっさりと取り下げ、代わって蒲生氏郷を指名した。氏郷は元服する際、信長自ら烏帽子親となったほどの逸材で、志も高くこれまでに秀吉を恐れるようなこともなかった。彼なら北条領をそっくり引き継ぐ家康の牽制となり奥羽の伊達政宗の抑えにもなると考えたのだ。その氏郷からも辞退されてはと今度は秀吉も慎重だった。氏郷を呼ぶとこう云った。

「会津は奥羽第一の要害の地故、鎮守するにはそなたを置いて他にない。この地はこの秀吉に従わない者もいるが武勇秀でた者はその罪を悉く赦し召し抱えてもよい。それらの者たちを一撲退治のため用いよ」

城受け取りだけでなくその後の対処策まで示されては氏郷としても辞退するわけにもいかない。氏郷は謹んで拝命したもののその表情は複雑だった。伊勢松坂十二万石から会津四十二万石への移封となれば大幅な加増といえるが、それは氏郷が密かに抱いていた大望が封ぜられることでもあった。

(7)

関八州を失い高野山に追放された氏直たちは厳しい冬を迎えようとしていた。蟄居先となった高室院(たかむろいん)は山上盆地にあり冬は寒風が森の木々を揺るがすほどに吹き荒ぶ。相模の地に比べれば比較にならないほど過酷な環境だ。いよいよ寒さが本格的になろうとする十一月突然、河内天野山金剛寺に移された。高野山の寒気は甚だしかろうと氏直の身を案じた秀吉の配慮だった。年が明け五月になると氏直は大坂天満にある屋敷を与えられた。そこは秀吉の不興を買い下野国へ追放された織田信雄が住んでいた屋敷だ。氏直はようやく仮住まいから解放された。さらに八月には出仕し秀吉への対面を果たし河内狭山に一万石を与えられた。これによって同月下旬には妻の督姫を呼び寄せることができた。舅家康は娘督姫を離縁させることはなかったのだ。氏直はやっと人心地つく思いだった。ところがその頃から氏直は精神に変調をきたすようになっていた。

小田原城を明け渡す際、氏直は家臣たちを前にこう云った。

「この後、お家再興を図る日が来たならそのときは旧好を忘れず氏直の許に参じてほしい」

氏直の言葉を涙を袖で拭いながら聞いていた家臣たちだが、今ではそれぞれに新しい主家の許に仕官している。多くは徳川家に召し抱えられることとなったが、かつて武田家旧臣が井伊直政隊に編入され強力な軍団を形成したように徳川家に拾われた旧臣たちは今ではそこに自分たちの生きる道を見出そうとしている。平穏な暮らしが戻るにつれ氏直は『北条家を滅亡させた最期の当主』という自責の念が大きく膨らんでいった。なんの前触れもなくふとしたことで開城した時のことが頭に浮かんでくる。当時は避けることができないことと考えていたことも今にしてみれば決してそうとばかりは云えないのではとも思える。危機を回避する機会は幾度となくあったはずだ。ところがそれらを悉く逃してしまった。そう思うと槍の柄で臓腑を突き上げられるような痛みに襲われる。

武田信玄に攻め込まれ駿河の国を失い各地を転々としていた今川氏真は、かつて父義元を桶狭間で討った信長の前で蹴鞠を披露して陰で秀吉らに嘲笑されたということがあったが少なくとも氏直は五代続いた北条家の当主としての誇りは失うまいという気持ちだけは持ち続けた。それだけに家を滅ぼしたという自責の念から逃れることができずにいた。

今でも悔やまれるのは関白秀吉が上洛を要求し家康も又一刻も早く上洛するよう度々催促してきたとき父氏政はそれに応じようとはせず、氏直もそれに同調してしまったことだ。その時氏直だけでも上洛していれば状況は変わっていたのではないかと思う。父氏政は病のため上洛できないと申し開きすれば受け入れられないこともなかったかもしれない。家臣は口々に上洛すれば国替えさせられたうえ氏直の身がどうなるか分からないと進言したが、氏直は元より命を惜しむものではなかった。『巧遅は拙速に如かず』というが、その時のためらいがかえすがえすも惜しまれた。

また北条討伐の引き金となった名胡桃城の対応についても悔いが残った。関白秀吉は猪俣邦憲が名胡桃城を奪ったとして北条討伐を決断したと云われているが、氏直は元より名胡桃城を奪うことなど命じてはいなかった。事の次第を明らかにしようとして対応が遅れてしまったが、関白の裁定に反したことは紛れもなかったことから何より先に詫びを入れておけば誤解を解く道が開かれたのではないかと悔やまれた。

さらに籠城か野戦かで軍議が混迷する中、同盟を結んでいた徳川が上方軍に加わったことで勝算は限りなく低くなったと誰もが思ったはずだった。そのときになって家康に関白との仲介を頼もうという声も上がったが、今更徳川に頼るようなことをしては北条としての面目が立たないという声が強く立ち消えとなった。『徳川は北条より格下』という意識が邪魔をしたのだ。もしもこのときつまらぬ意地を捨て和解の道を探っていたならという思いは捨てきれない。

　一方で難攻不落といわれた箱根の関が一日と持たずに陥落してしまったことが未だに大きな悔いとして残っていた。もしも一日だけでも攻撃を食い止めることができたなら氏勝が夜襲をかけ敵陣を火の海にして大混乱に陥れたはずだった。そうなれば上方勢を撤退に追い込むこともあり得た。氏規の守る韮山城が最後まで持ちこたえたのを見ても、箱根の関で上方勢を食い止めるという策に間違いはなかったはずだ。しかし上方勢は予想を遥かに超える勢いで遮二無二攻め込んできた。箱根の関が破られたことで戦の勝敗は決したと云える。

　氏直はこう考えたが一つ大きな見落としがあった。それは籠城策に固執したばかりに豊臣勢が箱根の関に至るまでの間、北条方から全く攻撃を仕掛けなかったことだ。少なくとも途中で一度なりとも攻撃を仕掛けていたならその後の豊臣勢の進軍は慎重にならざるを得ず、山中城攻撃も周辺への警戒を怠る訳にはいかないことから一日で陥落させるような攻め方はできなかったはずだ。

　また山中城に到着するまで攻撃を仕掛けないことが豊臣勢を油断させるための策の内であったのなら、山中城に後詰の援軍を送り万全の態勢で待ち受け有利な地形を生かして一気に反撃すべきであった。いずれにしても最大の敗因は豊臣勢に十分な攻撃態勢をとらせたことにあった。

氏直の悔いは尽きることがない。かつて上杉謙信が小田原に攻め込んできたときには五万の兵を率いてきたが、関白の軍はその四倍以上の二十二万だった。海路も抑えられ豊臣方の糧道が確保された以上、籠城する意味は失われていた。あくまで籠城に拘る憲秀の言葉に惑わされることなく早めに見切りをつけ開城を申し出ていればここまでの破綻は免れていたに違いないと今更ながら思える。

こうした思いが何度も形を変え昼夜を問わず不意に湧いてくる。とは云うものの当時なすべきことが分かっていたからといって果たして危機を回避することができただろうかという思いもある。当時のことを想い返すと威圧するような父氏政の顔が浮かんでくる。果たして父氏政の反対を振り切り氏直独りで上洛することができたのか。その頃は氏照はじめ家臣のほとんどがご氏政の考えに追随していたからだ。

また名胡桃城の件で秀吉から一方的に非難する弾劾文を受け取ったときはその誤解を解くことなど思いも寄らず、誰もが思い上がりも甚だしいと憤慨しきりだったことが思い起こされる。関白に対して怒りを隠さなかった父氏政や家臣を前に、果たして関白の誤解を解くため直ちに上洛すると言い切れたであろうかとも思う。

小田原城を二重八重に囲まれてからもそうだった。支城が次々と落とされていく中でも小田原城だけは籠城している限り攻め込まれることはなく、そのうち豊臣方の兵糧が尽きると父氏政や憲秀は自信に満ちた表情で繰り返し云い、氏直も又そう云って諸将を鼓舞した。そのような状況の下、果たして父氏政や憲秀を説き伏せ開城すると云い得たであろうか。こう思うとこれもまた確信は持てない。結局八方塞がりとなって氏直は父氏政に無断で豊臣方に降伏を申し入れに行かざるを得なくなったのだ。

これらの事を想い返したところで所詮痴れ言でしかないのではという無力感に襲われる。とはいえ悔恨の念は繰り返し形を変えては湧き出てくる。深夜うなされて目が覚めることも一度や二度ではなかった。そんなときは脂汗で襦袢がグッショリ濡れ着替えをしなければならないほどだった。書を認めるときもそれまではたっぷりと墨を付け伸びのある文字を書いていた氏直だったが、最近ではそうした文字が何故か書けなくなり伸びを欠いた委縮した文字になっていた。

こうした中、十一月に氏直は秀吉の饗応を受けた。そのとき秀吉は上機嫌で自ら茶を点て氏直に振舞った。八月には何ものにも代え難かった嫡男鶴松丸を亡くし一時は嘆き悲しみ廃人のようになっているという話が伝わってきたが、氏直には秀吉によるその日の饗応は亡くなった我が子の供養の一環であるかのようにも感じられた。そのとき秀吉は翌春には氏直に西国一ヶ国を与えようと云った。関東は既に家康の統治が進んでいることから西国となったのだろうがこれでお家再興の望みが出たことになりこの上なく有難い話のはずであったが氏直はどこか虚ろな気持ちで秀吉の言葉を聞いていた。

秀吉への対面を果たした僅か二日後、氏直は疱瘡にかかった。氏直発病の報を受けた秀吉はすぐさま典医を派遣させたが氏直は高熱にうなされ続け、うわ言を繰り返しながら朝を迎えた。督姫は枕元を離れることなく自ら水桶につけた布を絞り氏直の額に当てては替え一睡もすることなく看病した。だが熱は一向に下がる気配はない。その後も高熱が続き督姫の献身的看病も空しくとうとう二日目の深夜、氏直は三十年の生涯を閉じた。そのときすでに氏直は回復しようとする気力が失われていたのかもしれない。それは氏直があらゆる苦しみから解放されたときでもあった。

氏直は最後まで北条一族の視点から世の中を見たまま一生を終えた。それは戦国の世において常なるもので決して非難されることではない。それまでの戦国領主は自国の利益を最優先とし、裏切りも戦略の内と考えていた。領主がそうであればそれに従う武将たちも主家に対する『忠』の意識も決して強いとは云えない。彼らにとって主家とは働きに見合った恩賞を与え生計が立つよう図る者でなくてはならず、それが期待できなければ他家に仕官を求めて当然という考えがあった。従って主家への帰属意識は決して強いものではなく功名を立て立身出世することを第一義とする風潮にあった。また親に対する『孝』の意識も薄くそれ故に跡継ぎを巡っては内訌が往々にして生じた。五常（仁・義・礼・智・信）という教えは知られてはいたが、良くも悪くもそれを治政に用いる者は未だいなかった。核となる理念が確立していない限り争いは尽きることはない。応仁の乱以降百年以上戦乱の世が続いたのはこうした背景によるものだった。

関東管領上杉氏が山内上杉家と扇谷（おうぎがやつ）上杉家とに分かれ反目し合い争いが絶えることなく領民の暮らしを圧迫し続けていた頃、その間隙を縫い関東進出を果たしたのが後北条始祖早雲だ。早雲は内乱が続く関東に平和をもたらそうと旧勢力を切り崩し徐々に領国を広げていき当時六公四民さらには七公三民という国もある中、北条領内においては四公六民という破格の年貢制度を敷き民意を得、その後五代に渡って関東統治を推し進める礎を築いた。また同族間ですら争いが絶えない乱世において北条氏だけは先代の教えを守ることを家訓とし内訌を生じさせない家風を築きあげていった。これは当時において奇跡と云えよう。

ところが関八州の統治を目前にして織田信長が現れ北条氏を揺るがし、その後を豊臣秀吉が継いだ。それまで北条氏は関東を統一して治安を図ろうとしてきたが、信長、秀吉はさらに大きな視点から日本国統一を目指した。氏政・氏直親子が秀吉の求めに応じず上洛を拒んだのは秀吉への臣従を嫌ってのことだが、秀吉はそれを朝廷の命に従わない逆賊の仕儀だと非難した。秀吉の巧妙なところは豊臣・北条の争いとしてではなく北条氏を朝敵という立場に立たせたところにある。こうして秀吉の起こした大波に北条氏は根こそぎ飲み込まれてしまったのだ。その秀吉の軍門に降ることを頑なに拒んだ氏政だったが、彼は最後まで秀吉を成り上がり者として蔑んだ。と同時に恐れてもいた。たとえ臣従したところで自尊心が邪魔をして他の大名のように秀吉の威に服するようなことはできず、いつかは滅ぼされる運命にあると本人自身予見していたのかもしれない。氏直は父氏政ほど頑なではなかったが時勢を乗り切る才覚を持ち合わせてはいなかった。

秀吉は氏直の養子氏盛に遺領一万石のうち四千石の相続を許した。氏盛は氏規の嫡男で男子のいなかった氏直の許へ養子として入っていたのだ。後に氏盛は実父氏規の遺領狭山七千石を引き継ぎ一万一千石の初代狭山藩主となりその子孫は江戸末期まで続くことになる。家康はかつて氏規に『今後、いかなることがあろうとも氏規殿の進退について見放しまじく候』という起請文を出したことがあったが、その子氏盛に対しても見放すようなことはしなかったと云える。

完

秀吉の嘘 ——小田原北条戦記——

令和六年十二月七日　第一刷発行

著　者　斎藤光顕

発行者　佐藤聡

発行所　株式会社 郁朋社
東京都千代田区神田三崎町二—二〇—四
郵便番号　一〇一—〇〇六一
電　話　〇三（三二三四）八九二三（代表）
ＦＡＸ　〇三（三二三四）三九四八
振　替　〇〇一六〇—五—一〇〇三二八

印　刷
製　本　日本ハイコム株式会社

落丁、乱丁本はお取替え致します。

郁朋社ホームページアドレス　http://www.ikuhousha.com
この本に関するご意見・ご感想をメールでお寄せいただく際は、
comment@ikuhousha.com までお願い致します。

ISBN978-4-87302-833-0　C0093